Saskia Louis lernte durch ihre älteren Brüder bereits früh, dass es sich gegen körperlich Stärkere meistens nur lohnt, mit Worten zu kämpfen. Auch wenn eine gut gesetzte Faust hier und da nicht zu unterschätzen ist ... Seit der vierten Klasse nutzt sie jedoch ihre Bücher, um sich Freiräume zu schaffen, Tagträumen nachzuhängen und den Alltag einfach mal zu vergessen.

SASKIA LOUIS

BASEBALL LOVE

SPIEL UM DEINE HAND

Überarbeitete Neuausgabe Dezember 2021

© 2021 dp Verlag, ein Imprint der dp DIGITAL PUBLISHERS GmbH

Made in Stuttgart with ♥
Alle Rechte vorbehalten

Spiel um deine Hand

ISBN 978-3-98637-415-0
E-Book-ISBN 978-3-96817-078-7
Hörbuch ISBN 978-8-72616-254-7

Copyright © 2016, dp Verlag, ein Imprint der dp DIGITAL PUBLISHERS GmbH
Dies ist eine überarbeitete Neuausgabe des bereits 2016 bei dp Verlag, ein Imprint der dp DIGITAL PUBLISHERS GmbH erschienenen Titels Spiel um deine Hand (ISBN: 978-3-96087-097-5).

Covergestaltung: Vivien Summer
Umschlaggestaltung: ARTC.ore Design
Unter Verwendung von Abbildungen von
Shutterstock.com: © ExpertOutfit © Eugene Onischenko
© EFKS © studioloco © Dan Thornberg © Pooh photo
© BaLL LunLa
Lektorat: Astrid Rahlfs
Satz: dp DIGITAL PUBLISHERS GmbH
Druck und Bindung: Books on Demand GmbH, Norderstedt

Das Werk darf – auch teilweise – nur mit Genehmigung des Verlages wiedergegeben werden.

Sämtliche Personen und Ereignisse dieses Werks sind frei erfunden. Etwaige Ähnlichkeiten mit real existierenden Personen, ob lebend oder tot, wären rein zufällig.

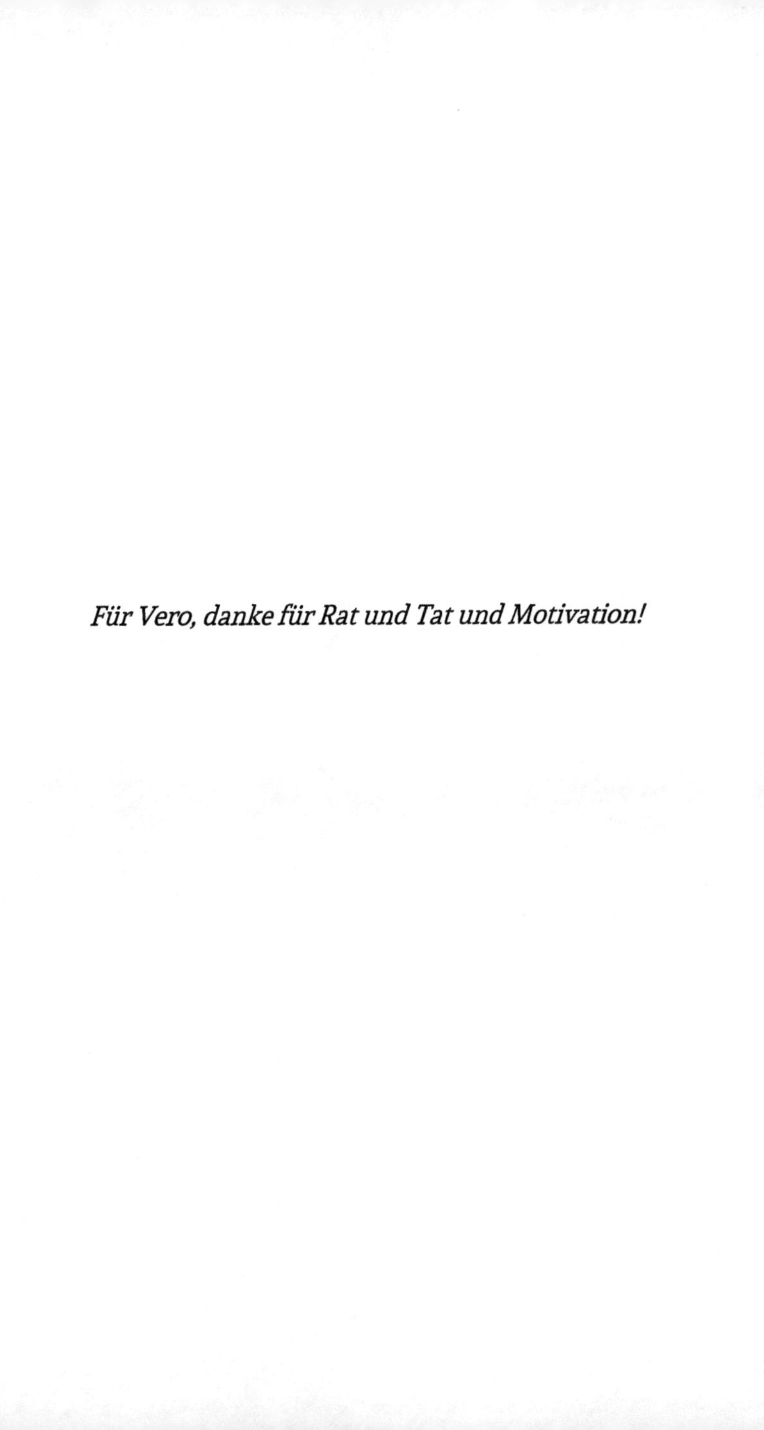

Für Vero, danke für Rat und Tat und Motivation!

Kapitel 1

„Luke … was machst du da?"

„Mhm?"

„Was du da machst, habe ich gefragt."

„Was?"

Emma rieb sich schläfrig mit der Hand übers Gesicht, öffnete auch das andere Auge und betrachtete ihn stirnrunzelnd. „Lucky, ich möchte dich nicht beunruhigen, vielleicht schlafwandelst du ja, aber es ist früher Morgen und du hockst vorm Bett! Das machen normale Menschen nicht und das ist äußerst verstörend. Also: Was tust du da?"

„Ähm …" Lukes Ohren verfärbten sich rosa und Emma richtete sich auf ihren Ellenbogen auf.

Sie war müde. Und wenn sie müde war, dann wollte sie nicht denken. Wenn sie aber aufwachte, Luke auf ihrer Seite des Bettes kauerte und aus unschuldigen Augen zu ihr aufblickte, dann *musste* sie denken! Und das war kein wünschenswerter Start in den Tag.

„Ja?", hakte sie noch einmal nach, weil es nicht so aussah, als habe er vor, in näherer Zukunft weiterzusprechen.

Er räusperte sich. „Ich suche meine Ohrringe."

Emma musste noch schlafen, denn das, was sie gerade gehört hatte, konnte einfach nur ihrer regen Fantasie entsprungen sein.

Sie gähnte herzhaft und versuchte ihre verfilzten Haarsträhnen hinter die Ohren zu stecken.

„Du hast keine Ohrlöcher, Schatz."

„Ich meinte *deine* Ohrringe. Ich suche deine Ohrringe. Die verlierst du hier dauernd und ich glaube, mich hat heute Nacht einer in die Hüfte gepikst."

„Aha."

Emma betrachtete ihn skeptisch. Irgendetwas war hier faul. Seine Ohren wurden immer dunkler und seine Hand lag verkrampft auf seinem rechten Knie. Sie streichelte über seine Wange und küsste ihn sanft.

„Lucky, ich liebe dich, aber du benimmst dich heute sehr merkwürdig. Und vor neun kann ich mit merkwürdig nicht umgehen. Also geh' deine Bananen frühstücken und lass mich schlafen."

Sie ließ sich auf das Kissen zurückfallen, schloss die Augen und zog die Decke unter ihr Kinn.

Sie spürte, wie Luke ihr sacht über die Haare fuhr, konnte ihn leise lachen, aufstehen und dann aus der Tür gehen hören.

Was für eine komische Art, in den Tag zu starten. Er hatte vor ihrem Bett gekniet, sie merkwürdig angesehen und total verkrampft gewirkt und … sie riss ihre Augen auf und saß kerzengerade im Bett. Oh Gott! Hatte das ein Heiratsantrag werden sollen?

***

„Ich glaube, sie hat nichts geahnt!"

Luke ließ sich auf den Barhocker fallen und klopfte auf die Theke, um dem Barmann zu bedeuten, ihm ein Bier zu bringen.

„Nicht geahnt, dass du ein Trottel bist?", hakte Wes interessiert nach. „Tut mir leid, dir das sagen zu müssen, aber ich glaube, dieses Umstandes ist sie sich vollkommen bewusst."

Luke schnaubte. Sein Agent und bester Freund war wie immer eine große Hilfe.

„Sei kein Blödmann, ich habe dir doch erzählt, dass ich ihr heute Morgen einen Antrag machen wollte, aber ich habe es mir auf halbem Weg anders überlegt."

„Du willst ihr also doch keinen Antrag machen?"

Verärgert nahm Luke die Flasche vom Barkeeper entgegen. „Erzähl keinen Mist, natürlich will ich ihr einen Antrag machen. Allerdings erschienen mir Zeit und Ort plötzlich unpassend."

„Ich habe dir von vornherein gesagt, dass das 'ne blöde Idee war", belehrte ihn sein bester Freund kopfschüttelnd.

„Was war eine blöde Idee?", wollte Dexter O'Connor wissen, der sich gerade auf den Hocker neben Luke schob. „Luke die Verantwortung dafür zu geben, sich eine Bar als Treffpunkt zu überlegen? Denn da stimme ich zu. Hättest du nicht etwas kreativer sein können?"

Luke hielt die Sportbar gegenüber vom Stadion für eine gute Wahl – sie waren immer hier. Er hatte nicht lange darüber nachdenken können. Er brauchte seine Gehirnkapazitäten für andere Dinge.

„Halt die Klappe, Dex", sagte er bestimmt und wandte sich wieder an Wes. „Warum war es eine dumme Idee?"

Sein Agent sah ihn an, als würde er das Offensichtliche übersehen. „Alter, man kann einer verschlafenen Frau keinen Antrag machen!"

„Warum nicht? Emma hasst es, morgens zu denken. Ich dachte, das nutze ich zu meinem Vorteil. Bei wichtigen Entscheidungen darf sie nicht anfangen, alles auf die Goldwaage zu legen. Das ist bei Emma essenziell."

„Du wolltest Emma einen Antrag machen?", fragte Dex verblüfft.

Luke nickte. „Heute Morgen. Ich hatte vor, genau in dem Moment, in dem sie die Augen aufschlägt, vor ihrem Bett zu knien …"

„Ja, das war eine dumme Idee", stimmte Dexter Wes zu. „Ich meine, klar, du hast recht: Morgens ist man meistens dümmer – die Chance auf ein ‚Ja' hätte sich also erhöht. Aber Frauen sind zu früher Stunde auch verwirrt und zickig …"

Oh, richtig. Warum hatte Luke daran nicht gedacht? Gut, dass er einen Rückzieher gemacht hatte! Auch wenn ihm nicht gefiel, dass Dex implizierte, Emma wäre dumm, wenn sie seinen Antrag annehmen würde.

„Wie hast du damals deinen Antrag gemacht?", wollte er von Wesley wissen und wandte Dex den Rücken zu.

„Mhm …" Sein Freund verengte die Augen und dachte intensiv über diese Frage nach. Schließlich zuckte er die Schultern. „Ich habe keinen Schimmer, ich war total betrunken."

„Und sie hat trotzdem ‚Ja' gesagt?"

„Sie war genauso betrunken!", grinste Wes, bevor er hinzusetzte: „Ach übrigens … wir haben spontan geheiratet, Michelle und ich."

Luke hob die Augenbrauen und nickte dann. „Cool."

„Herzlichen Glückwunsch", sagte Dexter.

Damit war das Thema gegessen.

„Und sie meinte, ich soll es euch schonend beibringen, weil ihr euch aufregen könntet", sagte Wes lachend. „Als ob sich irgendwer darum kümmern würde."

Lukes Handy vibrierte und eine Nachricht von Emma leuchtete auf.

Oh mein Gott!!!! Michelle und Wes haben geheiratet und uns nichts gesagt!? Ich freu' mich seit Ewigkeiten auf die Hochzeitstorte. Ich darf Michelle nicht schlagen, kannst du das dafür bei Wes übernehmen?
Klar, tippte er zurück. *Ich bin total wütend.*

Er sah auf.

„Wes, wenn Emma fragt: Ich habe dich geschlagen, weil du das mit der Hochzeit verschwiegen hast."

Du kannst nicht einmal über SMS lügen, kam es von seiner Freundin zurück, *Ich werde das mit dem Schlagen selbst übernehmen.*

Er grinste. So eine Freundin verdiente nun einmal einen hammermäßigen Antrag.

„Wie ist das denn bei dir, Dex? Denkst du schon an Heirat?"

Dexter verschluckte sich an seinem Getränk und fing an zu husten.

„Ich habe Kaylie gerade erst davon überzeugen können, meine Freundin zu sein, da werde ich sie sicherlich nicht sofort mit einem Heiratsantrag verscheuchen!"

Lukes Grinsen wurde breiter. „Aber du denkst schon daran. Du süßer Schnucki."

„Halt einfach deine Klappe, Luke."

Ja, darin war er nicht sonderlich begabt.

Wieder wurde ein Stuhl zurückgeschoben, diesmal der neben Dexter.

„Warst du nicht auf einem Date mit der Balletttänzerin?“, wollte der sofort von dem Neuankömmling wissen.

Luke lehnte sich zurück und erkannte Sam, den PR-Manager der Delphies.

„Auch an dich ein freundliches Hallo“, bemerkte Sam trocken.

„Sag mir nicht, dass du wieder aus einem völlig hirnrissigen Grund Schluss gemacht hast.“

Sam beugte sich nach vorne und nickte Luke und Wes zu. „Interessiert er sich auch so für euer Liebesleben oder bin ich der einzige Glückliche?“

„Ja. Er bemuttert nur dich“, stellte Luke fest und prostete ihm zu. „Luke, hatte ich dir nicht gesagt, dass du die Klappe halten sollst?“, knurrte Dexter und fragte an Sam gewandt: „Hast du jetzt wieder Schluss gemacht?“

„Nein, verdammt. Wir haben uns getroffen, aber sie muss morgen früh raus, deswegen haben wir das Treffen verkürzt. Und jetzt kümmere dich um deinen eigenen Dreck.“

„Hast du schon einmal einem Mädchen einen Antrag machen wollen?“, nutzte Luke die kurzzeitige Stille Dexters und hob fragend eine Augenbraue in Sams Richtung. Es konnte ja nicht schaden, sich Inspiration von allen Seiten zu holen.

„Ich fülle jeden Tag Anträge für euch Mädchen aus.“ Klugscheißer.

„Ich spreche von einem Heiratsantrag.“

Sam sah für einen Moment mehr als erschrocken aus.

„Was? Natürlich nicht. Wenn man ihnen einen Heiratsantrag macht, erwarten die Frauen doch, dass man sie auch heiratet.“

Allgemeines Nicken.

„So ist es der Brauch, ja", sagte Wesley weise.

„Das hatte ich befürchtet", bemerkte Sam und fixierte dann wieder Luke.

„Übrigens, du hast mir nicht gesagt, dass Emma eine verdammte Dampfwalze ist! Sie belästigt mich andauernd mit irgendwelchen Fragen zur Weihnachtsfeier und meint, ich müsse ihr dabei helfen, Entscheidungen zu fällen ... dabei darf ich überhaupt nichts machen."

Luke grinste. „Ja, aber Emma steht drauf so zu tun, als hättest du eine Wahl! Spiel einfach mit und gut ist."

Er hatte Emma den Job vermittelt, die jährliche Weihnachtsfeier der Delphies zu organisieren, die in wenigen Wochen stattfinden würde und es für besser gehalten, seine Freundin bei Sam als äußerst determiniert, aber sehr kompromissfreudig zu umschreiben. Gleichwohl es für Emma der Kompromiss war, dass sie Sam überhaupt davon unterrichtete, was sie tat. Er sollte sich glücklich schätzen.

Er war sich fast sicher, dass er Sam „So ein Schoßhündchen" murmeln hörte, entschied aber, dass er sich das eingebildet haben musste. Denn wenn dem nicht so wäre, müsste er wütend werden und darauf hatte er gerade wirklich keine Lust. Ganz zu schweigen davon, dass er zwar Profisportler war, aber in einem direkten Zweikampf gegen Sam dennoch verlieren würde. Den Geschichten nach zu urteilen, die Dexter von ihrer gemeinsamen College-Zeit erzählt hatte, hatte der PR-Manager einen mehr als treffsicheren rechten Haken.

„Um noch einmal auf den Anfang dieses Gesprächs zurückzukommen", sagte Wes und beugte sich vor.

„Warum darf Emma denn nicht denken, wenn du ihr einen Antrag machst? Hast du wirklich Schiss, dass sie ‚Nein‘ sagt?"

Das brachte Luke zum Lachen.

Als würde Emma ‚Nein‘ sagen! Sie war verrückt nach ihm. Und diesen Gedanken fand er keineswegs arrogant. Er stand einfach nicht auf falsche Bescheidenheit. Außerdem war er ja genauso verrückt nach ihr.

Aber er wollte es besonders machen. Ihr einen Antrag machen, den sie so schnell nicht vergessen würde. Denn das hatte sie verdient. Zuerst war es ihm romantisch vorgekommen, sie mit der Frage *Willst du mich heiraten* zu wecken.

Aber als er da auf dem Boden gehockt hatte, war er sich auf einmal sehr schäbig vorgekommen. Bevor er hatte aufstehen können, war sie aber natürlich aufgewacht. Gott sei Dank war er geistesgegenwärtig genug gewesen, sich diese geniale Ausrede mit den Ohrringen auszudenken.

Emma tappte also noch völlig im Dunkeln.

„Ich habe höchstens Angst, dass ihr der Ring nicht gefällt", grinste er.

Obwohl er sich auch dort ziemlich sicher war, dass er ihren Geschmack getroffen hatte. Keine falsche Bescheidenheit!

„Warum machst du es dann nicht einfach klassisch?", fragte sein bester Freund weiter. „Bei einem Essen, Ring im Champagner."

Luke schnaubte. *Klassisch!*

Klassisch war langweilig. Emma war eine Frau mit Klasse, aber keine Frau, die sich von so etwas Einfallslosem beeindrucken lassen würde.

Sie war …

Sein Handy vibrierte mit einer weiteren Nachricht.

Grace sagt, du bist Wesleys goldene Kuh.

… ein Unikat. Sie war ein Unikat. Und sie hatte es verdient, dass auch ihr Heiratsantrag ein Unikat war.

Aber jetzt gab es erst mal noch eine wichtigere Frage zu stellen. Luke hob den Blick zu seinem Freund.

„Bin ich deine goldene Kuh?"

Sein Agent wiegte den Kopf hin und her, nickte jedoch schließlich.

„Ich schätze schon. Besser eine goldene Kuh als ein goldener Esel, oder?"

Ja, theoretisch schon. Dennoch gefiel ihm der allgemeine Part nicht, in dem er als Tier mit Euter dargestellt wurde.

Lass mich goldener Stier sein und ich bin dabei, tippte er zurück.

„Also", fragte Dex, als Luke wieder aufsah. „Wenn ihr heiratet, nimmt sie dann deinen Namen an?"

„Natürlich wird sie das."

***

„Ich werde nicht seinen Namen annehmen!"

Emma schob den Einkaufswagen etwas zu energisch vor sich her und kollidierte dadurch beinahe mit einem riesigen Pfefferkuchenhaus, das die ausladende Halle des Supermarktes wohl in weihnachtliche Stimmung bringen sollte. Es war ihr erstes Weihnachten in den USA und die Fülle an Dekorationsmöglichkeiten, die dieser Laden ihr aufdrängen wollte, erschlug sie beinahe.

15

Wie groß musste ein Haus bitte sein, um das alles unterzubringen? Und wer wollte ein lebensgroßes Plastik-Rentier auf seinem Dach haben, dessen Nase so hektisch leuchtete, dass man sofort einen Tinnitus im Auge bekam?

„Du regst dich sehr leidenschaftlich über etwas auf, das noch gar nicht zur Debatte steht", meinte Milla, ihre hochschwangere Schwester, die sich zwischen einer Reihe roter und grüner Luftballons tarnte. Emma fürchtete, ähnlich wie bei den Ballons, dass sie in jeder Sekunde platzen könnte.

Sie war allerdings intelligent genug, das nicht laut auszusprechen. Schwangere Frauen wurden gemein und blutrünstig, wenn man ihnen zu nahe trat.

„Natürlich steht es schon zur Debatte!", widersprach sie sofort.

Milla verdrehte die Augen. „Emma, er hat dich nicht einmal gefragt, denkst du nicht, es ist zu früh, dir schon ..."

„Nein!", unterbrach Emma ihre Schwester genervt.

Es war fast eine Woche her, dass Luke ihr keinen Antrag gemacht hatte, aber er musste ihr diese Frage nicht stellen, um sie wissen zu lassen, dass auf ihr Ja-Wort eine Reihe Diskussionen folgen würden. Es war besser für Emma, sich schon vorher eine schlagkräftige Argumentation zurechtzulegen, damit Luke keine Chance gegen sie hatte.

„Er wird wollen, dass ich seinen Namen annehme, aber das kann ich nicht. Ich korrigiere die Amis doch so gerne, wenn sie das S von Sander scharf statt weich aussprechen!"

Und sie würde sich Luke nicht einfach so unterordnen! Sie würde nicht einfach hinter seinem Namen verschwinden. „Außerdem bin ich die letzte Sander, die übrig geblieben ist. Du musstest dich deinem Mann ja unbedingt komplett unterwerfen. Ronson, ich bitte dich!", sagte sie vorwurfsvoll.

Milla zuckte nur die Schultern und watschelte weiter.

„Für Kinder ist es einfacher, wenn die Eltern den gleichen Namen haben. Außerdem haben wir noch mehrere Cousins, die den Namen Sander weitertragen können."

Emma schnaubte und blieb bei einem Zeichen stehen, das grellen Weihnachtskitsch als Sonderangebot ausschilderte.

„Du weißt, wie unsere Cousins aussehen! Als ob die je heiraten werden."

„Und ich dachte, Schwangere wären gemein. Aber nervöse Frauen, die auf einen Heiratsantrag warten, offenbar auch."

Emma kaute auf ihrem Fingernagel herum.

„Was braucht er auch so lange?"

Milla hob beide Hände hoch und durchforstete dann die Weihnachtskugeln, die heruntergesetzt waren.

„Frag mich nicht, was in den Köpfen der Männer vor sich geht. Steve hat gestern ein neues Spiel erfunden, bei dem er Randy einen Froot Loop vor die Nase hält und dann vor ihm wegläuft. Er meint, er animiere ihn damit dazu, mehr und schneller zu laufen und das würde helfen, seinen Gleichgewichtssinn zu stärken. Aber bis jetzt hat es ihm nur dabei geholfen, sein Mittagessen wieder auf den Boden zu spucken. Er will nicht zugeben, dass er versucht, Randy zum Profisportler zu drillen. Aber das wird er mir schon noch sagen."

Emma starrte ihre Schwester an und hob auffordernd eine Augenbraue. „Und?"

Milla schien verwirrt. „Und was?"

„Wie hilft das Beispiel meiner Situation?"

„Ähm … gar nicht? Sorry, ich habe heute wirklich ein Schwangerschaftsgehirn, das hat überhaupt nichts mit deiner … oh, doch!"

Ihr Gesicht erhellte sich kindlich.

„Was ich damit sagen wollte: Bei Sachen wie Hochzeit und Kindern haben Männer ihren eigenen Rhythmus. Da musst du geduldig sein."

Emma gefiel kein einziges der Worte, die aus Millas Mund gekommen waren.

„Geduldig sein?"

„Jap, das ist meine Lösung."

„Das ist überhaupt keine Lösung, das ist eine Zumutung!"

Emma konnte nicht geduldig sein. Das lag einfach nicht in ihrer Natur. Sie wollte den Heiratsantrag und zwar *jetzt* sofort.

„Hör auf, an deinen Nägeln zu kauen", wies Milla sie zurecht, zog die Hand von ihrem Mund und schob sie weiter. „Luke braucht eben für alles etwas länger. Das wissen wir doch schon, oder? Er hat doch auch eine Ewigkeit gebraucht, um zu bemerken, dass er dich liebt."

Ja, das half Emma nicht wirklich – und wie von Zauberhand blieb sie bei der Schokoladenabteilung stehen. Heute war eindeutig ein Schoki-Tag. Die erkannte man daran, dass es kalt war und man anfing, sich Gründe dafür auszudenken, warum heute ein Schoki-Tag war.

Sie seufzte schwer und besah sich die Regale. Aber selbst der Anblick der Schokolade konnte sie nicht glücklich machen.

„Was, wenn er es sich anders überlegt hat?", murmelte sie. „Wenn er sich vor das Bett gekniet und plötzlich bemerkt hat, dass heiraten gar nicht das ist, was er will?"

„Das geht wirklich nicht, Emma."

Milla hatte die Hände in die Hüften gestemmt und sah sie abschätzig an.

„Was geht nicht?"

„*Ich* bin schwanger. *Ich* darf Schwachsinn von mir geben. Du darfst das nicht. Natürlich will Luke dich heiraten! Er ist verrückt nach dir. Außerdem wäre er ein Vollidiot, wenn er dich nicht offiziell für sich beanspruchen würde."

„Du meinst, ein Deppidiottel. Er wäre ein Deppidiottel, wenn er sich nicht ..."

Milla verdrehte die Augen. „Ja, ein Deppidiottel. Und das ist er ja nicht mehr, seitdem er mit dir zusammen ist, oder?"

Emmas Mundwinkel zuckten. „Na ja, steckt nicht in jedem Mann auf immer und ewig ein kleiner Deppidiottel?"

„Dagegen kann ich nicht argumentieren", nickte Milla, warf Schokolade in ihren gemeinsamen Einkaufswagen und stapfte weiter den Gang entlang.

Emma atmete tief durch. Wahrscheinlich hatte sie recht. Luke brauchte einfach etwas länger bei emotionalen Dingen als der normal sterbliche Deppidiottel.

Er würde sie schon noch fragen.

Er liebte sie. Und sie sollte aufhören, sich wegen unnötiger Dinge Sorgen zu machen. Sie sollte ... oh!

Lametta zum halben Preis! Und goldene Weihnachtselfen, die kicherten, wenn man ihren Bauch drückte! Zugegeben: Sie waren doch sehr kitschig, aber um dreißig Prozent reduziert! Prompt landeten sie in ihrem Wagen.

Die Weihnachtszeit war offiziell eingeläutet und sie wollte die Wohnung schmücken. Sie liebte diese Zeit im Jahr – die Kekse, der Lebkuchen, die Schokolade ... und wenn sie sich ein wenig anstrengte, dann würde ihr sicherlich noch ein Grund dafür einfallen, der nichts mit Essen zu tun hatte.

„Sag mal, wo wir gerade von Kindern gesprochen haben ...", meinte Milla und tätschelte ihren Bauch. „Wie sieht das denn ..."

„Er hat mich nicht einmal gefragt, ob ich ihn heiraten will, Milla", schnitt Emma ihr hastig das Wort ab. „Mal also die Kinder nicht an die Wand."

Kapitel 2

„Bist du sicher, Luke ist damit einverstanden, dass du die Wohnung so weihnachtlich dekorierst?"

Darüber hatte Emma auch schon nachgedacht. Sie hatte da schlechte Erfahrungen gemacht. Aber damals war es noch seine Wohnung gewesen, jetzt war es auch ihre. Außerdem hatte sie ihm gesagt, dass sie den Abend nutzen wollte, um sich weihnachtlich mit Milla einzustimmen. Er würde also damit rechnen.

„Klar. Er wird nichts dagegen haben", sagte sie deshalb mit relativer Überzeugung und schaltete versuchsweise die Lichterkette ein, die sie um den Billardtisch drapiert hatte.

Sie seufzte. Was hatten diese Lichter nur an sich, was den Menschen so faszinierte?

Vielleicht die Symbolik, die sie verkörperten oder … ach, wen interessierte es? Sie hatte heute wirklich keine Lust dazu, philosophisch zu sein.

„Das sieht echt hübsch aus", sagte Milla anerkennend. „Sehr unmännlich, aber wirklich hübsch. Warum musste das Lametta noch gleich pink sein?"

Emma grinste. Okay, das hatte sie nur gekauft, um Luke auf die Palme zu bringen.

„Luke meint immer, dass er so männlich ist, dass ihn nichts in seiner Sexualität verunsichern könne. Ich will das nur testen."

Milla legte einen Arm um sie und drückte sie leicht ächzend an sich.

„Du wirst eine wunderbare Ehefrau sein."

„Ja, oder?", sagte Emma fröhlich. „Jetzt muss ich nur noch die Weihnachts-Socken aufhängen und die Wohnung ist fertig."

„Weihnachts-Socken? Wie amerikanisch von dir", sagte ihre Schwester lachend und ließ sich vorsichtig auf die Couch sinken. „Mann. Der letzte Teil der Schwangerschaft macht echt keinen Spaß", jammerte sie und legte ihre Füße hoch.

„Du hast es ja bald geschafft", sagte Emma und gab ihr einen Kuss auf den Kopf, bevor sie im Schlafzimmer verschwand, um nach den Weihnachts-Socken zu suchen, von denen Luke geredet hatte.

Sie mochte das pompöse Weihnachten der Amerikaner. Mochte den riesigen Weihnachtsbaum, der in Philadelphias LOVE Park aufgestellt wurde. Dass alles, *ausnahmslos* alles, einen weihnachtlichen Bezug haben musste. Liebte den ständigen Geruch von Zimt, von dem Luke behauptete, sie würde ihn sich einbilden.

Tatsächlich war das Einzige, was sie nicht mochte, die Sache mit der Bescherung. Sie sah überhaupt keinen Sinn darin, bis zum 25. Dezember zu warten, um die Geschenke aufzumachen. Wer hatte sich das ausgedacht? Buddha vielleicht?

Okay, der wahrscheinlich nicht. Das war wohl die falsche Religion. Jedenfalls irgendwer mit einer unglaublich großen Kapazität an Geduld.

Es war auch egal. Hier würde Emma der deutschen Tradition treu bleiben. Der Kultur wegen.

Sie bückte sich und zog Lukes Sockenschublade auf.

„Wo ist dein Lucky überhaupt heute Abend?", rief Milla aus dem Wohnzimmer.

„Bei Dexter, Poker spielen", rief sie zurück und schob Socken und Unterwäsche zurück. „Sie wollten das erst hier machen, aber ich habe ihn rausgekickt. Sie sind immer so laut und ich wollte ..." Sie stockte und starrte auf das alte Paar Socken in ihren Händen. Das sehr alte, unförmige Paar Socken.

Meine Güte. Luke musste der schlechteste Versteck-Spieler der Weltgeschichte sein.

„Oh mein Gott! Milla, komm sofort her."

„Ich bin im achten Monat schwanger! Komm du her."

Ein valider Punkt.

Emma zog quietschend die Socken aus der Schublade und kam sich heute wirklich sehr mädchenhaft vor. Was teilweise an dem vielen pinken Lametta liegen konnte. Oder auch an den ganzen Hochzeitsgedanken, die in ihrem Kopf herumgeisterten. Von allen Events organisierte sie Hochzeiten am wenigsten gern – was vor allem an den anstrengenden Bräuten lag. Dennoch: Als kleines Mädchen hatte sie die eine oder andere Hochzeit nachgestellt.

Sie sprang auf und sobald sie auf den Platz neben ihrer Schwester gehopst war, warf sie ihr die Socken in den Schoß.

Milla betrachtete verständnislos das Bündel.

„Meinen Füßen geht es gut. Danke."

„Das ist der Ring, Milla", sagte Emma atemlos. „Das ist mit Sicherheit der Ring!"

Ihre Handflächen wurden feucht, trotzdem nahm sie das von ihrer Schwester nicht richtig gewürdigte Paar Socken wieder an sich und stülpte sie kurzerhand über.

Ein kleines quadratisches, dunkelblaues Samtkästchen fiel daraus hervor.

Emmas Kehle wurde automatisch ein wenig enger. Wenn sie ehrlich war, dann hatte sie vor ein paar Jahren aufgehört, damit zu rechnen, dass sie je heiraten würde. Den Glauben hatte ihr Ex-Verlobter Stefan ihr genommen, als er per SMS mit ihr Schluss gemacht hatte. Aber das war eine andere Situation gewesen. Er hatte sie zu jemandem machen wollen, der sie nicht war. Bei ihm war sie nicht sie selbst gewesen, hatte sich einfach überrollen lassen. Bei Luke war das alles anders und sie würden heiraten und ...

Oh Gott! Sie bekam eine kleine Panikattacke.

„Hyperventilierst du?", fragte Milla besorgt.

Emma wedelte mit der Hand vor ihrem Mund hin und her und verurteilte sich selbst dafür, dass sie ihre Nerven nicht unter Kontrolle hatte, aber eine Hochzeit war für immer – oder sollte zumindest für immer sein – und wer sagte, dass Luke und sie für immer kompatibel sein würden?

Dass er nicht irgendwann aufhörte sie zu lieben?

Dass er entschied, dass ihre nervige Art und Weise nicht charmant, sondern furchtbar war?

Dass er anfangen würde zu hinterfragen, ob sie die richtige Wahl für ihn war, er sie nicht doch lieber etwas anders haben wollte und ...

„Emma! Jetzt beruhige dich. Den Zusammenbruch bekommt man erst am Tag der Hochzeit, nicht *bevor* man überhaupt einen Antrag bekommen hat."

„Ach ja? Wer sagt das?"

Ihre Stimme hörte sich an wie ein Hecheln.

„Ich bin ein sehr pünktlicher Mensch. Überpünktlich könnte man sagen, also ... natürlich kriege ich den

Anfall schon jetzt. Und … was, wenn mir der Ring nicht gefällt? Das wäre ein schlechtes Omen, oder?"

Ihre Finger krallten sich in die Box – und Milla schlug ihre Hand weg.

„Guck nicht rein." Ihre Schwester sah sie eindringlich an. „Wirklich, guck nicht rein."

„Was?"

„Guck dir den Ring nicht an. Du machst es dir kaputt. Und du machst es ihm kaputt. Guck einfach …"

Emma klappte die Schachtel auf.

„Wäre auch ein Wunder, wenn heute der Tag gewesen wäre, an dem du anfängst, auf mich zu hören."

Emma hörte ihr nicht zu. Sie starrte mit offenem Mund den Ring an.

Er war hell Silber und in der Mitte saß ein hellblauer Diamant, der durch die raffinierte Fassung fast wie eine Schneeflocke oder ein Mandala aussah. Nicht zu groß oder protzig, aber auch nicht zu klein. Und auf der Innenseite des matten Metalls war ein einziges Wort eingraviert.

Einzigartig.

Er war …

Ihr Handy fing an zu klingeln und Emma erschreckte sich so sehr, dass ihr der Ring aus der Hand fiel.

Panisch sah sie auf das Display, auf dem Lukes Namen aufleuchtete. Du liebe Güte, sie kam sich so vor, als habe sie etwas unglaublich Verbotenes getan. Und irgendwie hatte sie das doch auch, oder?

„Was tue ich jetzt!?", fragte sie gehetzt an Milla gewandt, während sie den Ring aufklaubte und zurück ins Kästchen stopfte.

„Wie wäre es mit drangehen?", schlug ihre Schwester unbeeindruckt vor.

„Aber es ist Luke!"

Milla zog ihre Augenbrauen zusammen. „Du hast das Prinzip des Telefonierens schon verstanden, oder? Ich dachte, ich hätte das früher mit dir geübt. Man kann beim Telefonieren nur *hören*, nicht *sehen*."

Ach richtig. So funktionierte das. Ihr Hirn war kurzzeitig von einem riesigen schwarzen Loch ersetzt worden.

„Stimmt, genau", sagte Emma, wie um die Worte noch einmal für sich selbst zu bestätigen und drückte auf den grünen Hörer.

„Hey Lucky, was gibt's?", meldete sie sich betont locker.

„Hey Em ... ist alles okay bei dir? Du hörst dich außer Atem an."

Okay, locker klingen war offenbar keine ihrer Stärken. Sie fasste sich in die Haare und rieb nervös eine ihrer Strähnen zwischen Zeigefinger und Daumen hin und her.

„Ich ...", sie räusperte sich, „habe gerade eine deiner Hanteln angehoben. Das war anstrengend."

Was Ausreden anging, waren sie wirklich ein sehr talentiertes Paar.

Luke lachte. „Ah Schätzchen, du weißt doch, dass du das nur unter meiner Aufsicht tun sollst."

Emmas Schulter sanken nach unten und ihr Herzschlag normalisierte sich.

Es war sein Lachen. Das beruhigte sie. Es war so vertraut. Seine ganze Stimme war wie eine Hand, die ihr zärtlich den Rücken tätschelte.

Er war nicht Stefan.

Er war Luke.

Er war *ihr* Luke.

Das würde funktionieren.

Es würde nicht immer einfach sein – war es nie, wenn zwei Menschen mit ausgeprägten Meinungen aufeinandertrafen – aber sie würden das schon schaffen. Für immer war keine so lange Zeit, wenn man sie mit diesem Mann verbringen konnte. Alles würde gut werden. Sie würden in jedem Punkt einen Kompromiss finden.

„Ich weiß", sagte sie lächelnd und ließ von ihren Haaren ab. „Aber ich wollte gucken, ob ich einen Bizeps habe."

„Und? Hast du?"

„Nein, aber deiner ist groß genug für uns beide."

„Na Gott sei Dank. Hör mal, weswegen ich anrufe: Ich schaff' es heute nicht nach Hause. Wir sind eingeschneit und Kaylie gluckt wie eine Mutterhenne um uns herum und verbietet uns, heute noch Auto zu fahren."

Emma legte den Kopf schief.

„Und du bist betrunken, oder?"

Kurze Stille, dann: „Wie machst du das? Ich habe extra drauf geachtet, mich ordentlich zu artikulieren."

Er bekam zehn Gummipunkte dafür, dass er das Wort *artikulieren* mit viel Fantasie richtig ausgesprochen hatte.

Emma lachte leise.

„Nun, Sam und Kaylie haben mitgepokert, also bin ich davon ausgegangen, dass du verloren hast. Und du bist ein sehr schlechter Verlierer, Lucky – demnach wirst du also getrunken haben, um die Schmach zu überstehen.“

Sie hörte, wie er lang und konstant Luft ausstieß. „Ich schwöre dir, die beiden machen einem Angst. Sam hat ein natürliches Pokerface, dagegen kommt keiner an. Und Kaylie ist so ehrgeizig, dass ich Schiss hatte, sie beißt mir die Finger ab, wenn ich nicht jedes Mal mitgehe.“

„Armer Kerl. Nächstes Mal komme ich mit, um dich vor Kaylie zu schützen.“

„Ja, das wäre besser.“

„Okay, dann schlaf da. Wenn es zugeschneit ist, wird Milla wohl auch hier schlafen, ich bin also nicht alleine.“

„Gut ... aber wird Milla die Dinge tun können, die ich tue?“

„Ich hoffe nicht. Das wäre wirklich beängstigend.“

Lukes Lachen kitzelte in ihrem Ohr.

„Schlaf gut, Em. Ich liebe dich.“

„Ich dich auch. Bis morgen.“

Sie legte lächelnd auf und begegnete Millas Blick. „Was denn?“

Ihre Schwester verschränkte zufrieden die Hände auf ihrem Bauch. „Ich werde sowas von bald Tante.“

***

Lukes Kopf hatte bessere Tage erlebt.

Woran merkte man, dass man alt wurde? Daran, dass man plötzlich einen Kater vom Biertrinken bekam.

Meine Güte, vor fünf Jahren hatte er eine Nacht nach der anderen durchmachen können und jetzt trank er vier Bier zu viel, ging um eins schlafen und hatte das

Gefühl, einen stepptanzenden Elefanten im Kopf zu haben. Wenigstens hatte Emma dieses Mal keine Chance gehabt, ein Video von ihm im betrunkenen Zustand zu machen. Sie hatte sich angewöhnt, ihn so zu filmen und am nächsten Morgen damit zu bestechen, irgendetwas für sie zu tun. Meistens den Blödsinn zu essen, den sie im überschwänglichen Kaufrausch erstanden hatte – Größtenteils Torten. Sein Zuckerkonsum war deutlich gestiegen, seit er mit ihr zusammen war.

Gott, er liebte diese Frau, aber ihre Kreativität würde ihm irgendwann noch zum Verhängnis werden.

Er gähnte und stieg in den Fahrstuhl.

Es war kurz vor neun und die Straßen waren zwar größtenteils freigeschaufelt worden, aber immer noch rutschig. Er musste Emma fragen, ob sie Winterreifen auf ihrem Wagen hatte, bevor sie losfuhr, um Klienten zu besuchen. Außerdem musste er duschen. Vorzugsweise mit ihr. Seit ein paar Wochen hatte Emma Chloe, Dexters kleine Schwester, als ihre Assistentin eingestellt und wenn er sich nicht irrte, kam sie erst um zehn. Eine gute Stunde, um Emma von ihrem Job abzulenken, hatte er also noch.

Er war oben angekommen, lief durch den Flur, öffnete die Tür – und blieb mit offenem Mund im Eingang stehen.

Er hatte Albträume gehabt, in denen es schöner ausgesehen hatte.

Ein mächtiges Déjà-vu überkam ihn. Er konnte sich vage daran erinnern, dass er vor etwas mehr als einem halben Jahr Ähnliches erlebt hatte. Nein – etwas Identisches. Nur in unweihnachtlich.

Pinkfarbenes Lametta hing von der Decke, dem Ventilator und der Sofalehne. Die ganze Billardecke schien aus Lichterketten zu bestehen. Bunten Lichterketten. Hässliche goldene Elfen-Viecher standen überall versteckt. Tannengrün zierte jede freie Fläche. Und dann war da noch der *Glitzer.* Er war überall.

Er hatte keine Ahnung, woher er kam, aber er wollte sofort, dass er wieder dorthin zurück verschwand.

Seine Kopfschmerzen wurden stärker.

Was zur Hölle war hier passiert?

Es sah aus, als hätte ein beschissenes Weihnachtsrentier die Wohnung zugekotzt!

Und wie zur Hölle hatte seine Freundin es geschafft, einen mannshohen Weihnachtsbaum durch die Tür zu bugsieren? Wie sie gestern bereits bemerkt hatte: Sie hatte keinen Bizeps! Und ihre hochschwangere Schwester hatte den wohl kaum gestemmt.

„Emma!“, bellte er und warf die Tür ins Schloss. „Emma!“

„Was denn?“, fragte sie und kam aus dem Schlafzimmer gehetzt. „Wieso schreist du so liebevoll meinen Namen?“

Sie trug einen Rock, der sich eng an ihre Hüften schmiegte, und eine rote Bluse, deren obere Knöpfe noch nicht geschlossen waren. Ihre Haare waren noch feucht von der Dusche, die sie genommen haben musste, und ihre Wangen gerötet.

Vielleicht sollte er ihr erst einen Begrüßungskuss geben. Er hatte sie seit mehr als fünfzehn Stunden nicht geküsst und das erschien ihm irgendwie falsch, er sollte … *Konzentration, Luke!*

„Was ist das hier?", fragte er, sich zusammenreißend, und ruderte mit den Armen im Zimmer herum.

Sie hob die Augenbrauen.

„Ich habe dir gesagt, dass ich weihnachtlich schmücken will."

„Das ist nicht weihnachtlich, das ist ekelig."

Sie verschränkte die Arme vor der Brust.

„Dein jetziges Verhalten ist ekelig ..."

Ja. Eindeutiges Déjà-vu.

„Wir hatten das doch schon einmal! Exakt das Gleiche. Wie kommst du auf die Idee, dass es jetzt plötzlich okay ist?"

„Damals war es *deine* Wohnung. Jetzt ist es *unsere*."

„Ja, genau. *Unsere*. Nicht *deine*."

Unschuldig schürzte sie die Lippen.

„Na ja", sagte sie mit sanfter Singsang-Stimme, von der sie wusste, dass sie ihn immer weichklopfte. „Aber ich bin ja die Frau und da dachte ich, die Dekoration unserer Wohnung würde komplett in meine Hände fallen. Außerdem habe ich mir solche Mühe gegeben, es wäre doch schade, wenn ich umsonst Zeit investiert hätte ..."

Oh, er durchschaute sie. Verdammt, sie hatte genau gewusst, dass er sich aufregen würde!

„Oh nein", sagte er mit gefasster Stimme, machte ein paar Schritte auf sie zu, umfasste ihre Schultern und küsste sie hart auf den Mund. Nur weil sie stritten, sollte er auf den Kuss nicht verzichten müssen.

„Nein, nein, nein, nein. Gleichberechtigung! Das ist es, was eine Beziehung ausmacht. Das hast du mir gesagt. Und mit Lametta in den Haaren auf einer Schicht von Glitter aufzuwachen ist keine Gleichberechtigung."

Jetzt lächelte Emma breit.

„Es ist kein Glitter, es ist Feenstaub."

„Ist mir egal, was das ist! Es glitzert und ist pink und ich muss davon niesen. Gleichberechtigung, Emma!"

Sie legte nachdenklich den Kopf schief.

„Gleichberechtigung? Das habe ich gesagt, ist wichtig in einer Beziehung? Daran kann ich mich nicht mehr erinnern. Ich bin mir ziemlich sicher, dass es sechzig zu vierzig für die Frau ist …"

„Emma!"

„Ja, ist ja gut." Sie fing an zu lachen und sah zu ihm hoch, die Hände an seine Brust gelegt. „Das Lametta geht."

„Und die gruseligen Elfen auch! Und das Glitter."

„Feenstaub", korrigierte sie und ließ ihre Finger zu seinen Schultern wandern.

Sie spielte nicht fair, aber das wusste er ja bereits.

„Dann geht eben der Feenstaub", knurrte er.

„Abgemacht", nickte sie, stellte sich auf die Zehenspitzen und gab ihm endlich den Begrüßungskuss, den er verdiente.

„Das war sehr zivilisiert, oder?", flüsterte sie überrascht, als sie zurück auf den Boden sank.

Luke nickte und flocht seine Arme um ihren Rücken.

„Sehr zivilisiert."

„Wieso, glaubst du, ist es nicht so übermäßig ausgeartet? Damals haben wir mehr rumgeschrien, oder? Warum jetzt nicht?"

„Weil wir jetzt Sex haben und ich weiß, dass ich meine angestauten Aggressionen damit loswerden kann", sagte er und im nächsten Moment hatte er sie hochgehoben und über seine Schulter geworfen.

Sie quietschte laut und er konnte ihre Fäuste seinen Rücken malträtieren spüren. Auch, wenn sie sich wirklich nicht viel Mühe gab. Andererseits konnte das auch an ihrem fehlenden Bizeps liegen.

„Luke!", kreischte sie lachend, als er sie aufs Bett warf. „Ich muss arbeiten."

„Nachher. Ich habe einen Kater, darum musst du dich kümmern."

„Mit Sex?", grinste sie, während er ihr aufs Bett folgte und seelenruhig die Knöpfe ihrer Bluse öffnete.

„Natürlich mit Sex."

Er war sich ziemlich sicher, dass Sex das Allheilmittel für alles war.

„Luke", lachte Emma und schlug seine Hände weg. „Chloe ..."

Es klingelte an der Tür und grinsend richtete seine Freundin sich auf ihre Ellenbogen auf.

„... ist jede Sekunde hier."

Seufzend ließ er von ihr ab und rollte sich auf den Rücken.

„So eine Spielverderberin."

„Keine Sorge", sagte sie und lief um das Bett herum, um ihn noch einmal zu küssen. „Wir holen das nach."

Das wollte er doch hoffen.

„Heute Abend?", fragte er und hielt sie mit seiner Hand in ihrem Nacken davon ab, sich wieder aufzurichten.

„Heute Abend, Mister Wichtig", meinte sie augenverdrehend, küsste ihn ein letztes Mal und wand sich dann aus seinem Griff.

Die Tür schlug zu und er starrte an die Decke.

So. Wie wollte er ihr jetzt den Antrag machen?

Kapitel 3

„Du bist so schweigsam. Alles okay?"

Emma starrte stur durch die Windschutzscheibe auf den träge vor sich hinfließenden Verkehr.

„Mhm?"

Die junge Frau neben ihr lachte.

„Hey, *ich* bin die mit den Problemen! Wenn du plötzlich auch welche hast, dann weiß ich nicht, an welche Rollenverteilung wir uns halten."

Emma seufzte schwer und wandte sich zu Chloe um. Die hellbraunen Haare ihrer zeitweiligen Assistentin fielen ihr bis zu den Schultern, ihre Augen hatten die Farbe von Moos und ihr Gesicht war frei von Make-up. Chloe war wirklich eine interessante Persönlichkeit. Sie schien sich nicht die geringsten Gedanken darum zu machen, was andere Menschen von ihr halten könnten, hatte aber gleichzeitig manchmal einen Gesichtsausdruck, als laste das Gewicht der Welt auf ihren Schultern. Dennoch schaffte sie es immer wieder, ihre Emotionen in den Hintergrund zu schieben. Vielleicht konnte sie Emma das beibringen. Darin versagte diese nämlich kläglich, wie man an Chloes Kommentar bemerkte.

„Ich habe irgendwie ein schlechtes Gewissen", gab Emma zu und fädelte sich auf der linken Spur ein.

Sie waren auf dem Weg zu der Frau, die für das Catering des Weihnachtsfestes der Delphies zuständig war, um das Essen zu probieren. In den letzten Tagen hatte Emma immer, wenn sie auf Lukes Sockenschublade gesehen hatte, mit einem kleinen Kloß in ihrem Herzen zu kämpfen gehabt.

Sie war ungeduldig. Sie wollte, dass Luke sie endlich fragte. Und außerdem hatte sie das ungute Gefühl, dass Milla recht hatte. Dass sie es ihm kaputt gemacht hatte.

Klar, er wusste nicht, dass sie den Ring schon gesehen hatte, aber sie würde den Gesichtsausdruck, den sie beim ersten Blick auf ihn gehabt hatte, nie wieder so nachahmen können. Und außerdem fühlte sie sich so, als hätte sie seine Privatsphäre verletzt. Sie mochten zwar ein Paar sein und Emma hatte sich einem Menschen nie so nahe gefühlt, aber wenn Luke anfangen würde, in ihrer Unterwäsche herumzuwühlen ... sie könnte sich sehr gut vorstellen, dass sie damit ein Problem haben würde.

„Wieso hast du ein schlechtes Gewissen?", wollte Chloe wissen.

Emma legte ihre Handgelenke über das Lenkrad und schob ihre Unterlippe von der einen zur anderen Seite.

„Ich habe den Ring gefunden."

Aus den Augenwinkeln konnte sie sehen, wie Chloes Augen groß wurden.

„Den Verlobungsring?"

Natürlich wussten all ihre Freunde, dass sie mit einem Heiratsantrag von Luke rechnete. Denn sie hatte eine große Klappe und konnte nichts für sich behalten.

„Jap", nickte sie, „und er ist wunderschön. Und ich fühle mich schlecht, weil ich Luke nicht sage, dass ich längst weiß, dass er mir einen Antrag machen will."

„Aber damit würdest du ihm doch auch die Überraschung kaputtmachen."

Ja, so in etwa verlief auch ihre Argumentation, die für Schweigsamkeit sprach. Es war nur ...

„Aber die Überraschung ist doch schon kaputt! Ich weiß es doch schon längst.“

„Aber er weiß nicht, dass du es weißt.“

„Ja, aber wenn ich so tue als wäre ich überrascht, dann lüge ich ihn doch quasi an, oder nicht? Genauso wie ich ihn belüge, indem ich ihm verschweige, dass ich den Ring schon gefunden habe.“

„Ich glaube, du steigerst dich da etwas rein ...“, mutmaßte Chloe.

Natürlich steigerte sie sich rein! Sie war nervös und aufgeregt – und das die ganze Zeit! Immer wenn Luke sich bückte, um seine Schuhe zuzubinden, rechnete sie damit, dass er ihr endlich diese blöde Frage stellen würde. Und jedes Mal wurde sie aufs Neue panisch. Natürlich würde sie ‚Ja‘ sagen, sie liebte diesen Idioten! Aber dennoch kamen ihr immer wieder die gleichen Zweifel.

Sie war schon einmal verlobt gewesen und die Verlobung hatte sie verändert. Sie hatte zunehmend versucht, es Stefan recht zu machen, seinen Arbeitskollegen, seiner Familie zu gefallen, sich widerstandslos dazu bereit erklärt, seinen Namen zu übernehmen und ... sie hatte sich selbst verloren, ohne es zu merken. Wer versprach ihr, dass das nicht wieder passieren würde?

„Emma, hör auf, das Lenkrad zu misshandeln“, sagte Chloe mit überraschend weicher Stimme und tätschelte ihre Hände, die sich um das Leder gekrampft hatten. Die Autos vor ihnen fuhren immer noch nicht weiter und für den Moment war das vielleicht besser so.

„Tut mir leid, ich … Gedanken an Hochzeit machen mich merkwürdig“, stellte sie wahrheitsgemäß fest. „Lenk mich ab. Wie gehst du mit einem schlechten Gewissen um?“

Chloe kaute auf ihrer Unterlippe herum und Emma hatte die leise Ahnung, dass ihre Assistentin mit dem Gefühl Erfahrung hatte.

„Ich ignoriere es“, sagte sie schließlich. „Es zieht einen nur herunter.“

Womit sie recht hatte. Aber Emma konnte ignorieren genauso schlecht wie geduldig zu sein.

„Aber Luke und ich sind immer ehrlich zueinander und ich würde sein Vertrauen missbrauchen, wenn ich es ihm nicht erzähle, oder?“

Chloe lächelte matt. „Du hast ein zu gutes Herz, Emma. Du bist ihm nicht fremdgegangen. Du hast den Ring gefunden! Und es war Zufall. Wenn ich da an die Dinge denke, die ich getan habe …“

Sie stieß zischend Luft aus und schüttelte dann den Kopf. „Nein, mach dir nicht so viele Gedanken.“

Emma starrte sie an. „Du bist so gemein. Du weißt, dass ich jetzt genau wissen will, welche Dinge das sind und ich wette, du wirst sie mir nicht verraten!“

Chloe grinste sie kurz an. „Es ist zu deinem Besten. Ich schütze dich nur davor, dass mein Bruder dich umbringt.“

Das glaubte Emma ihr nicht.

„Schön“, seufzte sie dennoch. „Ignorieren ist also dein Rat für ein schlechtes Gewissen?“

Sie nickte. „Jap. Ich mach' das seit sechs Jahren. Funktioniert super."

Und auch das glaubte Emma ihr nicht.

Die nächste Woche rauschte in einem weihnachtlichen Rot und Grün an Emma vorbei. Die Weihnachtsfeier der Delphies hatte ein Zwanziger Jahre-Motto und demnach musste Emma dafür sorgen, dass die Band in den richtigen Klamotten auftrat, der Raum passend geschmückt war und sie selbst ein themengetreues Kleid fand. Sie vergaß fast, dass Luke nur auf den richtigen Moment wartete, um ihr einen Antrag zu machen.

Okay, das war natürlich gelogen. Sie vergaß das zu keiner Sekunde und der Deppidiottel kam einfach nicht zu Potte. Worauf wartete er? Emma brauchte kein großes Tamtam. Es ging ihr doch sowieso nur um ihn!

Ja, wenn es halbwegs romantisch wäre, dann wäre das schön, aber sie würde Schnelligkeit einer Blaskapelle vorziehen. Er konnte ja einfach eine rote Kerze halten, wenn er sie fragte. Das war süß, oder?

Und er musste auch nicht auf die Knie gehen. So amerikanisiert war sie auch nicht. Außerdem mochte sie, dass er so viel größer war als sie. Und Luke würde sich idiotisch dabei vorkommen. Und sie wollte nicht, dass er dieses Gefühl mit ihrem Heiratsantrag verband.

Gott sei Dank hatte sie gerade ein Stück Muffin im Mund, sonst würde sie jetzt mit Sicherheit hyperventilieren.

„Du weißt schon, dass es Essen auf der Party gibt, oder?", fragte Luke lächelnd und küsste ihr etwas Schokolade vom Mundwinkel, als sie das letzte Stück des kleinen Kuchens in ihrem Mund verschwinden ließ. „Du hast doch letztens noch davon geschwärmt, wie gut das Essen dieses Catering-Services ist."

Sie nickte und lief zur Spüle, um sich die Hände zu waschen. „Ja, aber gerade weil ich es organisiere, werde ich heute wahrscheinlich gar keine Zeit zum Essen finden."

Außerdem war sie Stressesserin. Sie hatte sich in ein goldenes Kleid geworfen, Luke sah natürlich umwerfend aus in einem Retro-Smoking und ... wenn er sie heute Abend auf der Weihnachtsfeier nicht fragte, wann denn dann?!

„Und es kann so viel schiefgehen. Die Technik könnte ausfallen, jemand könnte sich beim Tanzen das Bein brechen und ..."

Lukes Arme schlossen sich von hinten um ihre Hüften und er zog sie an seine Brust, bevor er sacht ihre Schläfe küsste. „Entspann dich, Em. Du hast schon viel größere Partys organisiert und bist auf jedes Problem vorbereitet. Du hast absolut keinen Grund nervös zu sein."

Für einen Moment schloss sie die Augen und atmete einfach nur seinen Geruch ein. Seine Arme waren der beste und wärmste Ort, an dem sie je gewesen war.

„Habe ich dir schon gesagt, dass du heute Abend wunderschön aussiehst?", murmelte er und küsste die Stelle unter ihrem Ohr.

Hatte er. Dreimal.

„Dabei hast du meine Unterwäsche noch gar nicht gesehen", bemerkte sie und neigte den Kopf zur Seite, damit er auch ihre Schulter küssen konnte.

„Das sollten wir ändern. Ich kann dich erst aus dem Haus lassen, wenn ich sicher bin, dass die Unterwäsche zum Kleid passt. Du weißt, wie speziell ich da bin. Wenn die Farben sich beißen, kann ich den ganzen Abend nicht genießen.“

Oh ja. Luke war Mode sehr wichtig.

Seine Hände drangen an nicht jugendfreie Orte vor und Emma drehte sich in seinen Armen.

„Aber wenn ich dir meine Unterwäsche zeige, wird das meine Frisur kaputtmachen“, sah sie seufzend voraus. „Und außerdem müssen wir in zehn Minuten in der Limousine sitzen.“

Luke sah auf seine silberne Armbanduhr.

„Zehn Minuten reichen mir.“

Sie lachte und schlug ihm gegen die Brust.

„Mir aber nicht!“

Er sah sie ernst an und umfasste ihr Gesicht mit den Händen. „Wenn wir uns beide Mühe geben, dann schaffen wir das!“

Es war ja wirklich verlockend, aber das war ein großes Event und sie wollte auf jeden Fall früher da sein und ihre Haare sahen gerade so gut aus ...

„Deine Mutter hat angerufen“, sagte sie.

Abrupt ließ er die Hände fallen.

„Hast du gerade absichtlich die Stimmung zerstört?“

Sie lächelte ein kleines, unschuldiges Lächeln.

„Nein, es kam mir gerade nur so in den Sinn.“

Sein Schnauben strafte sie Lügen.

„Was hat sie gesagt?“

„Ich weiß nicht, sie hat auf den Anrufbeantworter gesprochen. Ich dachte, du kannst es abhören, bevor wir fahren.“

Luke sah äußerst unzufrieden aus, küsste sie aber trotzdem noch einmal, bevor er zwei Schritte zum Sofa machte, neben dem der Anrufbeantworter stand.

„Da stellst du deinen Job über Sex ...", murmelte er kopfschüttelnd, während er zwei Tasten betätigte. „Und ich dachte, ich hätte dir beigebracht, deine Prioritäten richtig zu setzen."

Sie musste lachen und schlüpfte in ihre Schuhe – goldene Peep-Toes, Luke würde sie heute Abend wohl nach Hause tragen müssen – während der Anrufbeantworter *eine neue Nachricht* ankündigte.

„Hey mein Schatz, ich weiß, ich und Gunnar hatten überlegt, morgen zu euch hochzufliegen und über Weihnachten zu bleiben, aber seine Tochter könnte jeden Moment das Kind bekommen und das will er natürlich nicht verpassen. Ich hoffe, es ist okay, dass wir so kurzfristig absagen. Aber euch ein schönes Fest! Wir telefonieren. Ich hab' dich lieb, liebe Grüße an Emma!" *Piep.*

Emma seufzte. Gunnar war der neue Freund seiner Mutter und Luke war nicht dafür bekannt, die neuen Lebensgefährten seiner Eltern mit offenen Armen aufzunehmen.

„Tut mir leid", flüsterte sie und strich über seine Schulter. „Ich weiß, dass du dich auf sie gefreut hast."

Er nickte abwesend und eine Hand verschwand in seinem Haaransatz.

„Ist schon in Ordnung. Ich hatte fast damit gerechnet. Ihr Gunni ist auch nicht besonders scharf aufs Fliegen."

„Du bist sauer auf sie."

„Ich habe doch gerade gesagt, dass es in Ordnung ist", sagte er verwirrt.

„Ja, aber du hast nicht so ausgesehen", flüsterte sie und legte ihre Arme um seine Mitte. „Lass uns Silvester hinfliegen."

„Wohin?"

„Nach Deutschland. Wir besuchen deine Mutter und wir besuchen meine Eltern, okay? Und dann darfst du so lange wie du willst über den Freund deiner Mutter herziehen. Und ich werde total unvernünftig sein und dir bei all deinen heillosen Anschuldigungen einfach zustimmen."

Er schloss die Augen, lächelte dann und nickte.

„Okay."

Er drückte sie an sich und sie sah ihm ins Gesicht und ...

„Ach, zur Hölle damit", fluchte sie und kickte die Schuhe von ihren Füßen, bevor sie ihn an der Hand ins Schlafzimmer zog. „Zehn Minuten, Luke! Und lass deine Finger aus meinen Haaren. Die sind sowieso wie Beton vom vielen Haarspray."

„Hast du jetzt Mitleidssex mit mir?", fragte er etwas verblüfft, auch wenn er schon aus dem Sakko geschlüpft und dabei war, sich das Hemd über den Kopf zu ziehen.

Wütend stemmte sie die Hände in die Seiten.

„Natürlich habe ich jetzt Mitleidssex mit dir! Hast du dir mal ins Gesicht gesehen?!"

„Ich weiß, mein Gesicht ist wirklich schön", grinste er, bevor seine Lippen über ihre glitten und seine Hände da weitermachten, wo sie in der Küche aufgehört hatten.

Es waren natürlich nicht nur zehn Minuten. Und natürlich waren ihre Haare am Ende vollkommen zerstört und natürlich brauchte sie zwanzig Minuten, um sie zurück in Form zu meißeln.

Sie würde zu spät kommen.

Sie, Emma Deutsch Sander, würde zu einer Feier zu spät kommen, die sie selbst organisierte – und es war ihr egal.

Am liebsten hätte sie auf die ganze Feier verzichtet. Am liebsten hätte sie einfach den Rest des Abends mit Luke im Bett verbracht.

Aber das konnte sie natürlich nicht.

Sie saßen in der Limousine, Emma an seine Seite gelehnt, ihre Hand mit seiner verschränkt.

Sie hob das Kinn, blickte über seinen weißen Hemdkragen, seinen gebräunten Hals hinauf, über die dunklen Haare, die sich in seinem Nacken kräuselten und schließlich in seine blauen Augen, die auf sie hinablächelten. Sie würde nie müde werden, ihn anzusehen. Nie müde werden zu hören, wie er ihren Namen sagte. Nie müde, von ihm berührt zu werden.

Und ihr Herz war voll. Ihr Herz war so unglaublich voll und warm und bevor sie wusste, was ihr Mund da eigentlich tat, sagte sie: „Luke, willst du mich heiraten?"

Kapitel 4

„Was?“

Luke starrte sie an und er war sich sicher, dass er sich verhört haben musste.

„Ich habe gefragt, ob du mich heiraten willst“, sagte sie lächelnd und eine Spur Unsicherheit blitzte in ihrer Iris auf.

Er starrte sie weiter an.

Das konnte nicht ihr Ernst sein. Er hatte alles so schön geplant, sie konnte nicht … was ging denn jetzt ab?

„Was?“, wiederholte er.

Sie räusperte sich. „Ich wollte wissen, ob …“

„Ich habe dich schon verstanden! Aber wie kommst du darauf, mich sowas zu fragen?“, fragte er und seine Stimme klang gepresster als ihm lieb war.

Emma richtete sich im Sitz auf, sodass ihre Seite nicht mehr an seine gepresst war und er konnte sehen, wie Röte ihren Hals hinaufkroch. Er wollte wirklich nicht, dass sie sich unwohl fühlte, aber … nein, das war falsch! So ging das nicht.

„Na ja, ich liebe dich und … will dich gerne heiraten. Deswegen habe ich gefragt“, sagte sie in einer allzu sachlichen Stimme.

„Aber du bist die Frau“, stellte er überflüssigerweise fest. „Du bist die Frau und ich bin der Mann. Und ich sollte dir die Frage stellen!“

Emma seufzte schwer. „Könntest du den Chauvinisten in dir vielleicht kurz beiseiteschieben und meine Frage beantworten?“

Zum Teufel, nein!

Er wusste ja, dass Emma ein Kontrollfreak war und alles und jeder nach ihrer Pfeife tanzen musste. Und er liebte es, dass sie so eine starke Persönlichkeit war – aber das ging zu weit! Er machte sich nicht seit drei Wochen Gedanken um den Heiratsantrag, um sich das jetzt von ihr kaputtmachen zu lassen!

Er sah sie ausdruckslos an, die Lippen fest aufeinandergepresst. Er würde nicht antworten.

Emma betrachtete ihn einige Sekunden lang erwartungsvoll und stieß dann einen erneuten Seufzer aus, als sie seine Absicht zu schweigen endlich verstand.

„Okay, ich muss dir was sagen", erklärte sie langsam. „Ich weiß, dass du mir ohnehin einen Antrag machen wolltest und ... du weißt, wie ungeduldig ich bin, Lucky."

Ungläubig sah er sie an. Das wurde ja immer besser!

„Du *wusstest*, dass ich dir einen Antrag machen wollte?"

„Na ja, zu meiner Verteidigung: Du bist wirklich nicht sehr erfolgreich geheimnisvoll. Und die Ausrede mit dem Ohrring, den du gesucht hast ..."

Gerade war er noch in einem wunderbaren Sex-Koma gewesen und jetzt sowas! Das konnte sie ihm doch nicht antun. Er brauchte ein paar Minuten, um sich zu fangen.

Er blinzelte, ließ ihre Hand los und verengte dann die Augen, bevor seine Stimme eine Oktave tiefer rutschte und er gezwungen ruhig fragte: „Du wusstest es und hast ihn mir trotzdem weggenommen?"

Ihre Kinnlade klappte hinunter. „Weggenommen? Ist der Heiratsantrag dein Eigentum?"

„Ja, verdammt! Das war er zumindest. Gott, du kannst einfach nicht mit Grenzen umgehen! Es ist mein verdammtes Recht, dir diese Frage zu stellen!"

Sie verdrehte die Augen. „Du reagierst komplett über. Wir sind eine moderne Gesellschaft, also frage ich dich: Willst du mich heiraten?"

„Nein."

Sie rieb sich mit dem Zeigefinger über ihre Schläfe und er konnte sehen, dass sie mit diesem Wort nicht umgehen konnte. „Nein, wir sind keine moderne Gesellschaft oder nein, du willst mich nicht heiraten?"

Sein Kiefer knackte, als er seine Zähne auseinanderriss. „Das war ein *Nein, das reißt du nicht unter deine Kontrolle*-Nein."

„Aber ..."

„Oh nein. Nein, nein, nein ..."

Er wedelte mit dem Zeigefinger vor ihrem Gesicht hin und her und versuchte sich zu beruhigen, aber er konnte nicht.

Wieso hatte sie nicht einfach warten können?

„Nein. Nein. Nein", wiederholte er.

„Du willst mich nicht heiraten?"

„Nicht, wenn du mich fragst, nein!"

Emma biss sich sichtbar unzufrieden auf die Unterlippe.

„Aber ... was macht es für einen Unterschied? Du kannst mir den Ring aus deiner Sockenschublade nachher geben und ..."

„*Du hast den Ring gefunden?!*", explodierte er.

Ihre Wangen leuchteten rosa.

„Ich bin darüber gestolpert. Tut mir leid, ich war so neugierig und ... aber er ist wirklich hübsch ..."

„Du hast den Ring gefunden und ihn dir angesehen?!"

Seine Stimme wurde immer lauter, doch es war ihm egal. „Warum hast du ihn dir nicht gleich selbst an den Finger gesteckt?"

„Weil ich dachte, dass das taktlos wäre?", schlug sie unschuldig vor.

„Damit hast du verdammt recht! Genauso taktlos, wie mir den kompletten Antrag kaputtzumachen! Ihn *dir* kaputtzumachen!"

„Ich habe irgendwie im Kopf, dass bei Heiratsanträgen normalerweise weniger rumgeschrien wird."

„Na wie gut, dass das hier keiner ist!", fluchte Luke. „Du nimmst jetzt sofort diese Frage zurück."

„Aber ..."

„Du nimmst sie sofort zurück, Emma. *Sofort!"*

Der Wagen hielt an und ein unangenehm berührter Fahrer ließ die Trennwand zwischen Fahrkabine und Rückbank herunter. „Ähm, entschuldigen Sie dass ich unterbreche, aber wir sind da."

Luke ignorierte ihn und starrte immer noch Emma nieder, die seinen Blick unerschrocken erwiderte.

„Nimm deinen Antrag zurück, Süße. *Jetzt.*"

Emma reckte ihr Kinn, verschränkte die Arme trotzig vor dem Körper und presste hervor: „Nein."

„Was soll das heißen, nein?"

„Du kennst das Wort, Luke. Ich habe es dir im Duden gezeigt und du hast es gerade oft genug benutzt. *Nein*, ich werde den Antrag nicht zurücknehmen. Ich will dich heiraten und wenn du zu lange brauchst, um ..."

„Ich fasse es nicht“, murmelte er kopfschüttelnd und stieß seine Tür auf.

Sie machte es zu einem Wettbewerb. Zu einem verdammten Kontrollwettbewerb!

„Luke!“, rief sie ihm hinterher.

Doch er schlug nur die Tür zu und lief zum Ballsaal in die Eingangshalle des Hotels, in dem bereits hunderte von Gästen versammelt waren.

„Beschissene Emanzipation.“

***

Emma wusste, dass sie zu viel redete, dass sie oftmals nicht darüber nachdachte, was sie sagte. Aber sie wusste auch, dass sie das verdammte Recht hatte, Luke einen Heiratsantrag zu machen.

Schön, sie hatte ein schlechtes Gewissen wegen des Rings und weil sie es ihm nicht gesagt hatte und wegen ein paar anderen Dingen. Aber Luke war eine solche Diva! Sie hatte den Antrag nicht an sich reißen wollen. Sie hatte ihn einfach angesehen und dann war da dieses Gefühl in ihrem Herzen gewesen, das sie einfach nicht mehr hatte zurückhalten können.

Sie war eben eine impulsive Frau und verdammt nochmal, das wusste Luke! Er sollte ihr jetzt bloß keinen Strick aus so einer Kleinigkeit wie einem Heiratsantrag drehen – den sie ganz sicher nicht zurücknehmen würde.

„Emma! Da bist du ja. Wo zum Teufel hast du gesteckt?“

Eine kleine, rothaarige Frau Ende zwanzig kam auf sie zu und sah genauso gehetzt aus wie Emma sich eigentlich fühlen sollte.

Aber das tat sie nicht. Sie wollte das mit Luke klären. Es würde den Abend verderben, wenn sie den lächerlichen Streit nicht aus der Welt schafften.

„Emma!"

Sie riss ihre Gedanken von dem Deppidiottel und fixierte die Rothaarige. Sie hieß Cara und war die Frau, die für das Catering verantwortlich war. Ihr Essen war göttlich und sie mochte sie wirklich gerne, aber … Herrgott, sie konnte sich nicht konzentrieren. „Entschuldige, Cara. Was gibt es denn?"

„Du kommst nie zu spät", stellte ihr Gegenüber verblüfft fest.

Ja, das wusste Emma auch! Aber sie hatte ja Sex haben, emotional werden und Luke einen Heiratsantrag machen müssen. Das beanspruchte nun einmal ein wenig Zeit.

„Was gibt es, Cara?", fragte sie etwas ungeduldiger.

„Du wolltest dir das Buffet ansehen, bevor es freigegeben wird."

„Wollte ich das?", fragte sie stirnrunzelnd, während ihr Blick über die Menge schweifte.

„Du sagtest, nichts wird freigegeben, bevor du es dir angesehen hast!"

Ja, das hörte sich nach ihr an.

„Ich habe gerade keine Zeit, tut mir leid", sagte sie schwer atmend. „Ich vertraue dir da vollkommen, Cara. Mach es so, wie du es für richtig hältst. Zur Not frag Chloe. Oder Michelle. Sie hat meinen Geschmack."

Und dann lief sie wieder in die Menge. Sie musste mit Luke reden. Sie stritt ja ganz gerne mit ihm. Aber nur über belangloses Zeug und ... er hatte wirklich wütend ausgesehen.

***

Luke war wirklich wütend.

Er wusste nicht, wie sich der Streit so schnell hatte hochschaukeln können – und dann auch noch wegen so etwas absolut Dummen – aber daran hatte er sich bei Emma schon gewöhnt. Wenn sie sich stritten, dann heftig und mit einer Menge Flammen, weil jeder von ihnen genau wusste, wo man mit dem Stock in die Kohlen drücken musste. Aber ihre Streitereien wurden in der Regel genauso schnell beendet wie sie anfingen. Jemand gab nach, beide entschuldigten sich und die Sache war gegessen.

Aber das hier war etwas anderes. Diesmal würde er nicht nachgeben.

Es war eine Sache, dass sie offensichtlich in seinen Sachen herumgewühlt hatte, aber eine andere, dass sie genau gewusst hatte, dass er einen Heiratsantrag plante und ihm die Chance einfach genommen hatte. Er musste wirklich nicht bei allem ein Macho sein, aber sollte ihm die „Ich will"-Frage nicht zustehen?

„Du regst dich wirklich auf, oder?", fragte Wes, der neben ihm stand und offensichtlich seine Gesichtsregungen betrachtet hatte. „Ja, ich rege mich auf! Sie ist der größte Dickkopf aller Zeiten und sie soll mir verdammt nochmal die Möglichkeit geben, romantisch zu sein!"

Wes hatte angefangen zu lachen als er ihm berichtet hatte, dass Emma ihm einen Antrag gemacht hatte und

Luke hielt es ihm zugute, dass er jetzt gerade alles dafür gab, ein ernsthaftes Gesicht zu behalten.

„Ich weiß nicht, was dein Problem ist. Du wusstest doch sowieso nicht, wie du sie fragen solltest. Da hat sie dir doch einen Gefallen getan.“

„Dein Bonus ist gerade zum Fenster rausgeflogen, Wes.“

Er wusste *genau,* wie er ihr den Antrag hatte machen wollen. Es war ihm die letzten Tage eingefallen. Die perfekte Art und Weise. Nicht zu kitschig, aber romantisch und persönlich. Denn er war süß, verdammt, und er wusste, was Emma gefiel! Aber gab sie ihm die Chance, das zu beweisen? Nein, sie musste Miss Emanzipation, Ungeduld und Kontrolle sein!

„Reiß dich für ein paar Sekunden zusammen. Der Oberboss kommt gerade.“

„Der was?“

Luke blickte auf, als zwei Männer zu ihnen traten.

Er kannte sie beide, wenn auch nicht sonderlich gut.

Der ältere, ein Mitfünfziger, war Clint Panther, Medienmogul und Besitzer der Delphies. Neben seinem riesigen Konto sah Lukes Vermögen wie ein süßes kleines Häufchen Geld aus.

Der jüngere und größere, schwarzhaarige Mann war der älteste seiner Söhne, Cole. Er war Anwalt oder irgendetwas anderes Lächerliches. Luke hatte sich nicht die Mühe gemacht, es sich zu merken. Die Besitzer hatten zwar im Allgemeinen das Sagen, aber Clint Panther überließ es dem Team-Manager, Trainer und Beratern, zu entscheiden, wer gekauft und verkauft werden sollte. Und solange er seine Schecks unterschrieb und nicht auf die Idee kam, ihn an die Chicago Cubs oder sonst wohin zu verkaufen, musste er nicht mehr wissen.

„Luke Carter, immer schön, Sie zu treffen“, sagte Clint Panther grimmig und es wurden Hände gereicht. „Eine solche Schande, dass ihr die World Series verpasst habt. Ihr hättet es verdient.“

Und ob sie es verdient hätten! Sie hatten sich letzte Saison den Weg in die Playoffs geackert, nur um dann kurz vor Schluss von den verdammten Yankees um den Platz in der World Series gebracht zu werden.

„Nächste Saison schaffen wir es“, presste er hervor. Jetzt war wirklich nicht der Moment, ihn daran zu erinnern.

„Hey Lucky, deine Freundin sucht dich und sie sieht wütend aus, also ... oh, hey Mister Panther, Cole.“

Luke wandte sich zu der willkommenen Ablenkung in Form von Jake Braker um, der überraschenderweise weiß geworden war, als er die beiden Panther-Männer erkannte.

Gut, er hatte sich in der letzten Saison einige Presse-Fehltritte erlaubt, aber er brauchte sicherlich keine Angst zu haben, von Clint Panther verkauft zu werden.

„Hey Jacky-Boy, wie geht es dir?“

Cole Panthers Mund verzog sich zu einem verschmitzten und etwas diebisch aussehenden Lächeln, was den Einunddreißigjährigen, sonst sehr ernsten Mann, plötzlich zehn Jahre jünger wirken ließ.

„Wir haben uns ewig nicht mehr gesehen. Du bist ja ganz erwachsen geworden. Warum bist du denn vom Radar verschwunden?“

Jake war das größte Großmaul, das Luke kannte – abgesehen mal von ihm selbst – aber in diesem Moment tat er nichts weiter, als den Blick abzuwenden, zu nicken und „Hatte meine Gründe", zu murmeln.

Was zum Teufel …

Und hatte er richtig gehört? *Jacky-Boy?*

Luke hatte nicht gewusst, dass Jake auf Du und Du mit dem ältesten Sohn des reichsten Mannes Philadelphias war.

„Wir sollten weiter unsere Runde drehen", sagte Clint Panther schroff, der Jake nur mit einem wissenden Blick taxiert hatte.

„Sollten wir", stimmte sein Sohn zu und an Jake gewandt fragte er: „Wir sehen uns Weihnachten?"

Der schüttelte den Kopf. „Ich denke nicht. Ich bin anderweitig verplant."

Zwei Sekunden nachdem die Panthers weitergegangen waren, fragte Wes: „Du feierst mit den Panthers zusammen Weihnachten? Was ist denn bei dir los?"

Jake antwortete irgendetwas, das Luke auch gerne gehört hätte, aber er wurde von einer heißen Blondine im goldenen Kleid und wütendem Blick abgelenkt, die auf ihn zugefegt kam.

„Können wir reden?", fragte Emma etwas atemlos.

Ihre Wangen waren gerötet, ihre Schokoladen-Augen bittend und er spürte, wie er nickte.

„Alles klar. Gehen wir."

„Was ist denn mit den beiden los?", hörte er Jake fragen.

„Luke muss seine Männlichkeit verteidigen", war Wesleys lapidare Antwort.

Luke zeigte Wesley über seine Schulter hinweg den Mittelfinger – und fühlte sich bei dieser Geste männlich genug.

***

Es war schwer einen Ort zu finden, an dem sie etwas Privatsphäre hatten und so landeten sie schließlich in einer Besenkammer, in der eine einzelne Glühbirne über ihren Köpfen Licht spendete.

Es war eng und Luke atmete ihr den Sauerstoff weg, aber Emma wollte keine Szene machen und außerdem hatte sie so etwas wie einen Plan.

„Also", sagte sie in möglichst sachlicher Stimme. „Können wir nicht wie Erwachsene darüber reden?"

Luke sah skeptisch zu ihr hinunter.

„Ich weiß nicht, ob das Bestandteil unseres Repertoires ist. Bis jetzt haben wir das noch nie hinbekommen."

Auch wieder wahr. Aber es gab immer ein erstes Mal. Und sie konnte ja verhandeln.

Sie legte ihre Hände auf seine Brust und strich den Stoff seines Hemdes glatt.

„Okay, ich bin bereit, meinen Antrag zurückzunehmen, wenn du dafür ohne eine Diskussion akzeptierst, dass ich meinen Namen behalten werde."

Sie konnte sehen, wie Lukes Kiefer sich verhärtete.

„Ich habe kein Problem damit, wenn du weiter Emma heißen willst", sagte er schließlich trocken.

Sie ließ ihre Hände zu seinen Schultern wandern, ihre Fingerspitzen über seinen nackten Hals streichen.

„Lucky, du musst mir hier schon etwas entgegenkommen. Gleichberechtigung, weißt du noch? Kompromisse."

„Du kannst mit so vielen hübschen Worten um dich werfen wie du willst, ich werde diesmal nicht nachgeben. Das, was du getan hast, war falsch, Ende der Geschichte."

Emma hatte das Gefühl, dass die Geschichte gerade erst anfing.

Dann musste sie eben andere Maßnahmen ergreifen. Das mit ihrem Namen war ihr wirklich wichtig.

„Komm schon, Luke", flüsterte sie und war froh, dass sie hohe Schuhe trug, um relativ problemlos ihre Lippen über seinen Hals streichen zu lassen. „Es tut mir leid, wirklich."

Ihre Hände glitten unter sein Sakko.

„Ich weiß, ich hätte den Ring nicht ansehen dürfen, aber ich war so neugierig."

Luke schloss die Augen, nickte ... und riss sie sofort wieder auf. Er sah mehr als alarmiert aus.

„Halt, halt, halt, Lady", er schnappte ihre beiden Hände und hielt sie mit seinen vom eigenen Körper weg.

„Das machst du immer so, wenn du deinen Kopf durchsetzen willst! Du lenkst mich mit Sex ab und bevor ich weiß, was passiert ist, habe ich zu allen deinen Vorschlägen Ja und Amen gesagt."

Sie kämpfte dagegen an, aber ihr Lächeln war dennoch ein wenig selbstgefällig.

„Eine Win-Win-Situation würde ich sagen!"

„Nichts da Win-Win! Du gewinnst zweimal und ich nur einmal. Das ist nicht fair!"

Emma ließ ihren Kopf auf seine Schulter sinken, während ein Besen in ihre Hüfte pikte.

„Luke, warum machst du das so kompliziert? Können wir nicht einfach beide jetzt ‚Ja' sagen und dann sind wir verlobt? Fertig?"

„Nein!"

„Wie, nein?"

„Ich bin der Mann, Emma. Ich werde dich fragen, ob du meine Frau werden willst, und du wirst ein, zwei Tränen vergießen, mit der Hand vor deinem Mund herumwedeln und ‚Ja‘ schluchzen. So hat Gott es vorgesehen."

Ungläubig machte sie einen Schritt zurück, was in dem Schrank, und mit ihren Händen immer noch in seinem Griff, wirklich ein Akt war.

„Das kann nicht dein Ernst sein! Wir sind im einundzwanzigsten Jahrhundert, Luke! Frauen dürfen wählen, Auto fahren und Heiratsanträge machen!"

„Nein, meine Frau nicht, verdammt nochmal! Du reißt dir bei allem die Kontrolle unter den Nagel und hier werde ich nicht nachgeben! Ich werde den Antrag machen und du wirst verdammt nochmal meinen Namen annehmen, damit alle wissen, dass du mir gehörst. Und dann kannst du mich wieder bevormunden!"

„Aber Emma Carter klingt fast so wie armer Kater!", jammerte sie. „Setz noch ein ‚schwarz‘ dazwischen und ich bin ein Kinderspiel!"
„Oh Emma, sei unbesorgt: In deinem ganzen Leben warst du kein Kinderspiel! Und das liebe ich ja an dir, aber ich werde hier nicht nachgeben."
Er betonte das letzte Wort übermäßig und Emma fragte sich, wie oft er es in den letzten Sätzen schon benutzt hatte.
„Aber hörst du das nicht auch? Armer Kater?"
„Na und? Die Amis verstehen das doch sowieso nicht."
„Aber die Deutschen!"

„Die Deutschen haben andere Probleme, als sich über deinen Namen zu beschweren.“

„Du wohnst wirklich schon zu lange in den USA. Es ist die Lieblingsbeschäftigung der Deutschen, sich zu beschweren!“

„Du lenkst wieder völlig vom Thema ab“, sagte er wütend und schlug mit der flachen Hand auf die Tür zu seiner Rechten.

„Schön. Wenn du willst, dass alle Leute sehen, dass wir zusammengehören, dann könntest du dir ja auch überlegen, einfach meinen Namen anzunehmen …“

„So weit kommt es noch! Und darum geht es doch auch gar nicht! Ich habe mir Gedanken gemacht, Em. Ich habe mir Mühe gegeben, genau das Richtige für dich zu finden. Ich habe mich auf den Moment gefreut, wenn du den Ring siehst. Und davor hast du keinerlei Respekt gehabt!“

Sie blickte in seine blauen Augen, die ihr so viel mehr sagten als seine Worte. Dass er ihren Vorschlag übergangen hatte ihren Namen anzunehmen, wurmte sie und führte dazu, dass ihr Magen sich unwohl zusammenzog. Aber zumindest teilweise war er im Recht.

„Das tut mir leid, Luke. Wirklich. Aber ich dachte … du bist doch sowieso nicht der Typ Mann, der gerne große romantische Gesten macht.“

„Was war das dann im Stadion, als ich mich vor allen Leuten als Deppidiottel beschimpft habe?!“

„Ein Akt der Verzweiflung, um mich zurückzubekommen?“

„Nein, das war romantisch! Und alles, was ich mir ausgedacht habe, kann nur romantischer sein als der Antrag in der Limousine!“

Emma griff nach seiner Hand. Er hatte ja recht und sie hätte einfach warten sollen, aber ...

„Ich wollte nicht mehr warten, Luke. Ich liebe dich und ich wollte einfach nicht mehr warten. Aber wie gesagt: Wenn es okay ist, dass ich meinen Namen behalte, nehme ich den Antrag wieder zurück und gebe dir Zeit.“

Luke fletschte die Zähne.

„Nein, es ist nicht okay! Aber darüber können wir auch noch diskutieren, wenn wir verlobt sind. Und wenn du nicht warten kannst, dann ... meine Güte.“

Er umschloss ihre Hand fester und zog sie im nächsten Moment aus der Tür.

„Was soll das denn jetzt? Bist du so in deinem männlichen Stolz verletzt, dass du mich jetzt im Neandertaler-Style rumschubsen musst?“, fluchte Emma, als sie gezwungenermaßen hinter ihm her hetzte.

„Treib es nicht auf die Spitze, Emma“, knurrte er, bevor er in den Ballsaal stob und sie schließlich losließ, nur um sich mit steifen, hastigen Schritten durch die Menge zu kämpfen.

Emma starrte ihm verwirrt nach.

„Hat Luke ein Problem?“

Michelle hatte sich neben sie gesellt, ein Champagnerglas in der Hand, den Kopf zur Seite gelegt.

„Keine Ahnung, aber wenn nicht, wird er gleich eins bekommen“, knurrte Emma und sah dabei zu, wie ihr Freund die Bühne erklomm und die Band aufgrund seines Auftretens abrupt aufhörte zu spielen. Alle Gesichter wandten sich augenblicklich nach vorne.

Das Mikrofon des Sängers gab ein lautes Quietschen von sich, als Luke es vom Ständer riss.

„Wer findet, dieser Abend hier ist romantisch?",
fragte er laut und seine Stimme hallte stark verstärkt
im Raum wider.

Emma presste ihre Lippen aufeinander und das un-
wohle Gefühl in ihrem Magen wuchs, während die
Leute sich verwundert ansahen und schließlich einige
Hände gehoben wurden.

„Sehr gut. Dann nutze ich doch die Möglichkeit, um
eine wichtige Frage zu stellen."

Der Raum mochte romantisch sein, aber Lukes Gesicht war es nicht.

„Weil meine Freundin so verdammt ungeduldig ist
und nicht warten kann, bis ich mir was eigenes Romantisches überlegt habe: Emma, willst du mich heiraten?"

„Ja", flüsterte Emma zwischen zusammengepressten
Zähnen hindurch.

„Ich glaube, das hat er nicht gehört", stellte Michelle
neben ihr fest.

„Er soll es ja auch nicht hören! Wenn ich jetzt vor allen ‚Ja' sage, dann belohne ich ihn doch auch noch für
sein Verhalten! Außerdem ... so will ich das nicht!"

„Ihr seid beide ziemliche Dickköpfe, oder?"

„Nein!", fauchte Emma und sagte dann lauter: „Komm
da runter, Luke! So nehme ich deinen Heiratsantrag
nicht an, du Vollpfosten!"

„Warum denn nicht?", feuerte er zurück. „Romantischer als in einer Limousine ohne Vorwarnung zu fragen ist es doch allemal!"

„Das in der Limousine war romantisch!", schrie
Emma. „Es war aus dem Moment heraus und alleine
deswegen schon mehr als romantisch. Und du bist ein

Arschloch, dafür Luke, dass du es so ins Lächerliche ziehst!"

„Warum bin ich es denn immer, der letztendlich als der Blöde dasteht?", fluchte er und Emma wünschte sich, er würde doch endlich das Mikrofon fallen lassen. Gleichwohl er so laut war, dass ihn wahrscheinlich auch so alle verstanden hätten.

„Ich habe hier nicht den Fehler gemacht! Diesmal war ich es nicht!"

Emma starrte zu ihm hoch, ihr Magen jetzt ein Stein. Und auf einmal war der belanglose Streit, der so harmlos und absurd angefangen hatte, nicht mehr klein. Nicht mehr unwichtig. Denn das sollte so nicht sein. Das alles hier war plötzlich zu etwas viel Größerem geworden.

Es war falsch von ihr gewesen, den Ring anzusehen. Aber es war genauso falsch von Luke, ihr diese Szene hier zu machen und ihr nicht richtig zuzuhören.

„Doch, Luke", murmelte Emma verkrampft, bevor sie sich abwandte und aus dem Saal stürmte. „Den Fehler hast du gerade begangen."

Kapitel 5

Luke sah, wie der Saum Emmas goldenen Kleides von der sich schließenden Tür verschluckt wurde und verfluchte sich selbst. Das hatte er ja äußerst elegant gelöst.

Er steckte das Mikrofon zurück und hastete die drei Treppenstufen herunter.

Alle starrten ihn an. Doch das war er ja bereits gewöhnt. Was machte es schon, dass er sich schon wieder vor einer so großen Menge zum Affen gemacht hatte?

Er rieb sich fest über die Stirn, um den gerade einsetzenden Kopfschmerz zu vertreiben, ignorierte die mitleidigen Blicke, die Wesley und Jake ihm zuwarfen und stieß unwirsch die Tür auf, durch die seine Nicht-Verlobte soeben verschwunden war.

Wie konnte das so eskalieren?

Das war die Frage, die er sich in der Beziehung mit Emma immer wieder stellte.

Er erwischte sie schließlich an der Drehtür, vor der sie unschlüssig stehengeblieben war. Vielleicht weil sie ein schulterfreies Kleid trug und es draußen unter null Grad kalt war.

„Emma ...", murmelte er und berührte sie sacht am Arm.

Sie wandte sich um und entging so einer weiteren Berührung.

Ihr Gesicht war verbissen und reserviert. Kein Funken Humor strahlte ihm mehr aus ihren Augen entgegen.

Shit.

Ihr Gezänk war soeben zu einem ausgewachsenen Streit herangereift.

Emmas Herz war schwer. Wie ein Wasserballon, der zu platzen drohte und dessen Gewicht sie nach unten zog.
Sie hatte geglaubt, dass es vor einer Hochzeit Diskussionsbedarf geben würde. Aber sie hatte nicht damit gerechnet, dass die Diskussionen schon anfingen, bevor sie überhaupt verlobt waren. Und sie wollte ihren Namen behalten.
Das war wichtig.
Aber er hatte nicht einmal darüber nachgedacht. Er hatte ihre Bitte einfach ausgeschlagen.
„Klasse Leistung, Luke", sagte sie leise. „Du hast einen romantischen Moment abgepasst und die Chance ergriffen."
Luke seufzte schwer und eine seiner Hände versank in seinen Haaren.
„Gib mir nicht wieder diesen Blick, Emma."
„Was für ein Blick wäre das?"
„Der Blick, der sagt, dass das alles meine Schuld ist. Dass ich wieder derjenige bin, der nachgeben muss. Emma, ich weiß, dass ich das gerade eben äußerst ungeschickt gelöst habe, aber kannst du nicht für eine Sekunde versuchen, das Ganze aus meiner Perspektive zu betrachten?"
Sie nickte knapp.
„Kann ich. Und du hast recht. Es ist nicht alles deine Schuld. Ich hätte nicht in deinen Socken wühlen und mir den Ring ansehen dürfen. Vielleicht hätte ich dir auch keinen Antrag machen sollen, aber ... du hättest

feinfühliger sein können. Du hättest das, was ich gesagt habe, ernstnehmen können. Und du hättest nicht einfach meinen Wunsch abschmettern dürfen, meinen Namen zu behalten! Oder auch, meinen Namen anzunehmen. "

Seine Augenbrauen zogen sich tief in sein Gesicht.

„Darum geht es? Um deinen Namen?"

Sie schluckte und reckte ihr Kinn.

„Ich nehme deinen Antrag erst an, wenn ich meinen Namen behalten kann."

Luke sah sie stur an. Er hatte den Mund leicht geöffnet und Unverständnis spiegelte sich in seinen Zügen.

„Warum? Warum ist dir das so wichtig, Emma?"

„Weil ...", sie holte tief Luft, ließ ihren Blick an ihm vorbei und wieder zu ihm zurückschweifen, „weil es das eben ist!", stieß sie schließlich hervor. „Und du musst keine Begründung bekommen. Wenn du mich liebst, dann akzeptierst du es einfach."

„Das ist nicht, wie Liebe funktioniert", antwortete er leise, der Blick düster, die Worte eng aneinandergedrängt. „Und warum, *warum* bin ich es wieder, der akzeptieren muss? Warum kann ich nicht sagen: Emma, wenn du mich liebst, dann nimmst du meinen Namen an. Fertig."

Etwas Kaltes hatte sich in Emmas Hals gestohlen und umklammerte ihre Luftröhre. Das Unwohlsein wurde zu Angst. Zu einer plötzlichen, möglicherweise irrationalen Angst – die dennoch da war.

Es war diese Angst, die eigentlich immer verflogen war, sobald sie Luke sah. Doch jetzt kehrte sie zurück und setzte sich fest.

Es war falsch.

Das hier war viel zu schwierig. So hatte es nicht sein sollen.

Warum verstand er nicht, dass sie eine kleine Sicherheit brauchte? Dass sie immer noch Emma Sander war, egal, wen sie heiratete. Dass sie in der Beziehung auch ihre eigene Persönlichkeit behalten musste.

Warum verstand er nicht, dass es nie ihre Liebe zu ihm sein würde, die Leute hinterfragten? Dass es immer die seine zu ihr sein würde? Dass das der Grund war, warum sie es manchmal einfach brauchte, dass er nachgab. Für sie. Sie hasste sie doch selbst, diese Unsicherheit. Aber sie war immer noch da und Emma wusste nicht, ob sie je verschwinden würde.

Wo Luke sie doch immer wieder unabsichtlich daran erinnerte, dass sie ihm unterlegen war. So wie sie immer allen Männern unterlegen gewesen war. Einfach in einer anderen Liga spielte.

All dieses Wissen prasselte auf sie nieder, nahm ihr den Sauerstoff aus den Lungen und ließ ihre Augen brennen.

Wie konnte Richtig in so wenigen Sekunden zu Falsch werden?

„Weißt du, Luke", sagte sie leise, gegen ihre aufkeimenden Tränen ankämpfend, „wenn es jetzt schon so schwer ist, sich zu verloben, dann ist das vielleicht ein Zeichen. Vielleicht bedeutet das dann, dass wir besser gar nicht heiraten sollten. Wenn unsere Streitereien über solche Kleinigkeiten zu so etwas Riesigem ausarten ... vielleicht ist es dann nicht richtig."

Entgeistert sah er sie an.

„Was willst du denn jetzt damit sagen?"

„Es ist einfach falsch."

„Was ist falsch? Zum Teufel Emma, wovon redest du?“

„Von dem hier! Von dieser Situation und ...“

„Emma, was meinst du?“

Sie hob die Schulter und wandte den Blick ab.

„Ich weiß es nicht“, flüsterte sie schließlich – bevor sie in die Kälte hinaustrat.

***

Luke konnte nicht schlafen.

Das Bett war zu leer. Emma war nicht nach Hause gekommen und es machte ihn wahnsinnig, nicht zu wissen, wo sie war und ob es ihr gut ging ... und was zum Teufel sie mit ihren Worten gemeint hatte!

Ja, sie stritten. Aber Streit war nicht zwangsläufig etwas Schlechtes. Zumindest hatte er das bis gestern geglaubt. Und er war der Überzeugung gewesen, dass Emma das genauso sah. Sie zankten, versöhnten sich, wuchsen an der Beziehung. Er hatte geglaubt, mittlerweile in Emmas Psyche blicken zu können, aber es schien so, als wäre das der größte Irrglaube, dem er sich bisher hingegeben hatte.

Was war ihr Problem? Warum war das Ganze plötzlich so ernst geworden – nur wegen der bescheuerten Sache mit dem Namen!

Er hatte einfach das Gefühl, in letzter Zeit verdammt viele Kompromisse zu schließen, die ihn mehr kosteten als Emma und ... er wollte, dass Emma seinen Namen trug. Vielleicht brauchte er das für sein männliches Ego. Vielleicht brauchte er das, um sich endgültig sicher darüber zu sein, dass Emma nicht eines Morgens aufwachte und bemerkte, dass sie viel zu gut für ihn

65

war. Dass sie merkte, dass ihr das Ganze zu viel war. Der Trubel, die Presse, seine Arbeitszeiten.

Sie hatte ihr Leben in Deutschland für ihn aufgegeben und sie mochte sagen, dass es für sie kein Verlust war. Dass hier ihre Schwester lebte, ihre Freunde sie nicht vergessen würden, sie sich gut eingefügt hatte. Nichtsdestotrotz nagte immer noch die Angst an Luke, dass ihr irgendwann der Gedanke käme, was für einen riesigen Fehler sie mit ihm gemacht hatte.

Er war ungeübt darin, ein fester Freund zu sein. Herrgott, er wollte nicht wissen, wie groß die Möglichkeit war, dass er als Ehemann versagte!

Aber er hatte nie Angst davor gehabt, weil er sich sicher gewesen war, dass Emmas und seine Gefühle nicht anzuzweifeln waren. Aber wenn sie anfing zu hinterfragen …

Er richtete sich im Bett auf und schwang die Beine über den Rand der Matratze. Wo zum Teufel war sie?

***

„Danke, Grace, dass ich hier schlafen durfte“, murmelte Emma und wärmte sich die Hände an der Tasse Kaffee, die ihre Freundin ihr gereicht hatte.

Grace legte einen Arm um ihre Schulter und drückte sie kurz an sich.

„Kein Problem. Kaylie verbringt sowieso die meiste Zeit bei Dexter, hier ist also öfter ein Bett frei.“

Emma nickte und atmete tief durch. Sie hatte die Nacht damit verbracht, sich von der einen auf die andere Seite zu wälzen. Luke hatte im Fünf-Minuten-Takt angerufen, bis sie ihr Telefon schließlich ausgestellt hatte.

Sie brauchte Freiraum. Zeit zum Nachdenken. Sie wusste, dass Luke das nicht verstehen würde. Er brauchte nie Raum. Er wollte keine Zeit. Außer für den Heiratsantrag offensichtlich. Aber ansonsten schien er sich bei allem so sicher zu sein, dass er keine Minuten oder gar Stunden mit Nachdenken verbringen musste. Er wollte die Dinge *jetzt sofort* aus der Welt geschafft haben und meistens funktionierte das für ihn.

Aber Emma war eine Denkerin, eine Planerin. Sie musste Listen erstellen, wollte ihrem Bauchgefühl nicht blind vertrauen. Sie war ungeduldig, ja, aber für die wichtigen Entscheidungen nahm sie sich Zeit. Vielleicht war das der Fehler gewesen. Sie hatte sich für die Entscheidung mit dem Heiratsantrag nicht genug Zeit gegeben.

Sie und Luke waren so verdammt unterschiedlich.

Sie nippte an ihrem Getränk und fing prompt an zu husten.

„... ist das Anis im Kaffee?"

„Ja, Anis und ein wenig Chilipulver. Lecker, oder?"

Nein, nicht lecker.

Ekelig.

Aber Emma wollte ihrer Freundin nicht auf die Zehen treten. Grace hatte gestern keine Fragen gestellt, sie einfach in den Arm genommen und ihren Rücken getätschelt. Natürlich hatte sie mitbekommen, was Luke auf der Bühne veranstaltet hatte, aber die Einzelheiten hatte Emma ihr verschwiegen.

Grace stand auf und holte zwei Brotscheiben aus dem Toaster, um sie vor Emma auf einen Teller fallen zu lassen. Sie trug einen weißen Flanell-Pyjama mit kleinen roten, tanzenden Weihnachtsmännern und grünen

Mistelzweigen darauf. Aber irgendwie schaffte selbst das nicht, Emma in eine weihnachtliche Stimmung zu versetzen. Morgen war Heiligabend und sie hatte sich darauf gefreut, zusammen mit Michelle, Wes, ihrer Schwester und ihrem Mann zu feiern. Aber alles, was sie jetzt am liebsten tun würde war, sich auf Grace' Sofa zu einer Kugel zusammenzurollen. Und diesen Kaffee nicht zu Ende trinken zu müssen. Zumindest Letzteres konnte sie tun. Sie ließ die Tasse sinken.

„Grace", sagte sie leise, „was, wenn das Märchen vom Baseballstar, der sich in ein normales, bodenständiges Mädchen verliebt, eben nur das ist – ein Märchen? Wenn manche Unterschiede eben doch zu groß sind, um von Liebe überwunden zu werden?"

Grace hatte die Augen weit geöffnet und sah ernsthaft schockiert aus.

„Oh mein Gott, Emma. Habt ihr wirklich Probleme? Du und Luke seid das Traumpaar! Zerstör mir nicht meine neu gewonnene Weltanschauung!"

Emma hatte sich geirrt. Es war kein Schock. Es war Entrüstung. Sie schmunzelte müde.

„Es ist nur ... ich mache mir Sorgen. Die Ehe ist nichts, was man auf die leichte Schulter nehmen sollte und Luke scheint alles leicht zu nehmen ..."

Bis auf diese blöde Sache mit dem Namen!

„... und wir sind so unterschiedlich und ..."

Sie holte tief Luft. „Ich mache mir eben Sorgen. Wir streiten andauernd."

Grace nahm Emmas Hand in ihre und sah sie ernst an.

„Emma. Ihr streitet nicht. Ihr zankt euch. Und das ist verdammt süß mitanzusehen. Wenn ihr euch zankt, dann ist das, als könnte man die Liebe zwischen euch mit den Händen greifen. Weil es egal ist, was der andere sagt – wir alle wissen, dass ihr füreinander geschaffen seid. Michelle ist eifersüchtig, weil ihr das Vorzeigepaar seid und nicht sie und Wes!"

Emmas Mundwinkel zuckten und sie starrte auf die Kaffeetasse. „Wir sind kein Vorzeigepaar. Wir haben genau die gleichen Probleme wie jeder andere auch. Unsere Geschichte ist nur etwas kitschiger und dramatischer als andere. Und manchmal glaube ich, dass das genau das Problem sein könnte. Dass wir zu geblendet sind von der schönen Liebesgeschichte, die wir haben, als dass wir jetzt mit dem normalen Alltag klarkommen könnten."

„Also jetzt bildest du dir Sachen ein. Für so kreativ habe ich dich gar nicht gehalten."
Wieder musste Emma lächeln. Grace machte da einen wirklich guten Job.
„Keine Sorge, du bist und bleibst die Künstlerin unserer Gruppe. Und ... wusstest du, dass Luke, bevor ich kam, Frauen in seinem Handy hatte, die als *Kann montags, Kann dienstags* und so weiter abgespeichert waren?"

„Oh."
„Ja, oh! Er ist echt der totale ... Mann!"

„Na, wenigstens zeigt sich dein Freund mit dir in der Öffentlichkeit. Meiner hat bis jetzt noch für jedes Event eine Ausrede dafür gefunden, dass er nicht kommen kann. So wie gestern Abend!"

Dieser ominöse neue Freund von Grace war eine Sache für sich. Sie hatte ihn vor ein paar Monaten kennengelernt und bis zum heutigen Tag hatte keine ihrer Freundinnen ihn zu Gesicht bekommen.

Emma drückte Grace' Hand.

„Und du bist sicher, dass du ihn nicht erfunden hast? Es wurden nämlich Wetten abgeschlossen ..."

Grace schnaubte.

„Es gibt ihn! Er mag es nur nicht, neue Leute kennenzulernen. Das sagt er zumindest immer."

„Blöde Männer", murmelte Emma.

„Blöde Männer", stimmte Grace zu und hob ihren Kaffee, um mit Emma darauf anzustoßen.

Mist. Jetzt war Emma wohl oder übel dazu gezwungen, doch noch einen Schluck von dem ekligen Gebräu zu nehmen. Aber was tat man nicht alles für weibliche Loyalität.

„Apropos blöde Männer ... was genau hat Luke jetzt getan, außer sich zum Affen zu machen?"

„Er hat etwas Schönes ins Lächerliche gezogen und mir überhaupt nicht zugehört", sagte Emma verbissen. „Und ich werde nicht nachgeben! Egal was er sagt, ich werde *nicht* nachgeben und mich ..."

Selbst verlieren.

Grace sah sie nachdenklich an, stand auf und holte eine Packung Kekse, ein Glas Nutella und einen Fertigteig für Croissants aus dem Schrank.

„Gehe ich richtig davon aus, dass du heute noch nicht wieder zurückwillst?"

Emma nickte steif.

„Ich kann noch nicht. Aber ich muss heute Abend kurz zu Sam, den Scheck abholen. Ansonsten habe ich nichts vor."

„Na, dann machen wir uns wenigstens einen schönen Tag und fressen uns voll. Das ist es, worum es bei Weihnachten geht."

Es gab wohl einige Personen, die dort widersprochen hätten – Emma war keine von ihnen.

***

Luke ließ seinen Blick über die Köpfe wandern. Über die Tische aus teurem Holz. Er blickte forschend in jedes Gesicht. Doch Emma war nicht hier. Sein Vater jedoch schon.

Na klasse.

Sie hatten die Verabredung mit Paul und Nadia Carter bereits vor Wochen vereinbart. Sein alter Herr wollte Weihnachten in trauter Zweisamkeit auf Hawaii verbringen und so hatten sie ausgemacht, sich am Abend vor Heiligabend zu treffen. Nur war angedacht gewesen, zu viert hier zu sitzen. Luke hatte fest damit gerechnet, dass Emma da sein würde. Sie nahm Verpflichtungen sehr ernst. Aber ihren Streit nahm sie offensichtlich noch ernster.

Er kämpfte sich durch die eng aneinander gedrängten Tische hindurch, ignorierte die Menschen, die ihn anstarrten und ließ sich griesgrämig gegenüber seines Vaters nieder.

Das Restaurant war keins von der elitären Sorte. Er wusste, wie unwohl und fehl am Platz Emma sich an Orten fühlte, an denen die Hauptspeisen über fünfzig Dollar kosteten. Deswegen hatte er dieses kleine, aber feine mexikanische Restaurant ausgesucht, in dem auch das gemeine Volk essen konnte. Und jetzt war sie nicht hier!

„Wo ist Emma? Wolltet ihr nicht zusammen kommen?", fragte sein Vater prompt.

„Dir auch einen guten Abend, Dad. Wo ist Nadia, wolltet ihr nicht zusammen kommen?“, stellte Luke die Gegenfrage.

„Sie packt, weil wir doch morgen in aller Früh fliegen.“

Luke wünschte sich, er hätte auch so eine Ausrede.

Er grunzte missmutig und zog die Getränkekarte zu sich heran.

„Du hast meine Frage nicht beantwortet, Luke“, sagte sein Vater nach einer Weile.

Als ob Luke das nicht wüsste!

„Sie kommt vielleicht noch“, meinte er vage und drehte sich zur Tür um.

Doch er machte sich keine falschen Hoffnungen. Emma war immer pünktlich. Die einzigen Male, die sie zu spät gekommen war, waren auf seine Kappe gegangen. Und da er gerade nicht bei ihr war ...

„Du weißt es nicht?“, fragte Paul Carter verblüfft.

Es war keine Anschuldigung gewesen, nichtsdestotrotz fühlte Luke sich angegriffen.

„Ja, ich weiß es nicht, denn Emma ist nicht mein Schäferhund, Dad!“, sagte er gereizt.

„Okay“, sagte Paul vorsichtig und winkte den Ober heran, damit er die Bestellung für ihre Getränke entgegennahm.

Luke fühlte sich danach, einen Whiskey zu bestellen. Einen doppelten.

Aber wenn er sich betrank und Emma doch noch auftauchte, dann würde der Streit eine ganz neue Dimension annehmen, also hielt er sich zurück und bestellte stattdessen ein Bier. Ein alkoholfreies.

Das Leben war heute einfach nicht gut.

Paul wartete, bis der Ober wieder verschwunden war, dann räusperte er sich.

„Gehe ich richtig in der Annahme, dass ihr euch gestritten habt?"

Das würdigte Luke nicht mit einer Antwort.

„Muss ich dir noch einmal den Kopf geraderücken, Luke?"

„*Mir*? *Mir* den Kopf geraderücken? *Ihr* müsste mal jemand Rationalität einbläuen!", fuhr er auf. Wieso glaubten alle immer, dass er die Schuld trug? Dass er es versaute?

Nur, weil sein Lebenslauf im Bereich ‚Mist bauen' aus fünf Seiten bestand, hieß das doch nicht, das er sich nicht geändert hatte! Er hatte sich wirklich angestrengt, die Schuld bei sich zu finden, war aber erfolglos geblieben.

Die Episode auf der Bühne war vielleicht zu viel des Guten gewesen, aber Emma war es, die jede Grenze eingerannt und ... ihm sein männliches Recht gestohlen hatte.

Er wünschte sich nur, dass sich das Ganze nicht so bescheuert anhören würde. Warum zum Teufel wollte sie seinen Namen nicht annehmen? Hatte sie Angst, dass es im Falle einer Scheidung zu kompliziert wäre, ihren eigenen wieder zurückzubekommen?

Liebe Güte, rechnete sie etwa schon damit, dass ihre Ehe den Bach runterging?

Vielleicht bedeutet das dann, dass wir besser gar nicht heiraten sollten. Wenn unsere Streitereien über solche Kleinigkeiten zu so etwas Riesigem ausarten ... vielleicht ist es dann nicht richtig.

Wie konnte sie das auch nur denken? Er zumindest hatte keine Sekunde daran gezweifelt, dass es *richtig* war. Dass sie richtig waren.

„Luke, was ist los?", fragte sein Vater plötzlich ernst. „Du wirkst wirklich aufgebracht. So habe ich dich das letzte Mal gesehen, als in deinen Cornflakes nicht die versprochene Sammelkarte zu finden war."

Das war vier Jahre her! Dass sein Vater da immer noch drauf rumritt.

„Wolltest du ihr nicht einen Heiratsantrag machen?", fuhr Paul fort. „Was könnte bei euch beiden da schon schiefgehen?"

Das war eine gute Frage, die Luke vor achtundvierzig Stunden auch nicht hätte beantworten können. Jetzt konnte er es: alles. Alles konnte schiefgehen.

„Emma hat den Ring gefunden", sagte er schroff. „Sie hat den Ring gefunden, konnte nicht warten und hat mir einen Antrag gemacht, bevor ich die Möglichkeit dazu hatte, meinen zu machen."

„Und du hast ‚Nein' gesagt", seufzte sein Vater und trank einen Schluck aus seinem Glas. Er durfte Whiskey trinken! Ja, die Welt war heute wirklich nicht gut.

„Natürlich habe ich ‚Nein' gesagt!", regte sich Luke auf. „Wir Männer haben doch ohnehin schon fast kein Rechte, wenn es um unsere Hochzeit geht, dann sollte es mir doch wenigstens vergönnt sein, in diesem einen Punkt die Hosen anzuhaben!"

„Dreht sich darum der ganze Streit?", fragte Paul skeptisch. „Darum, wer die Frage stellen darf?"

„Nein! Damit hat es angefangen und dann erklärt Emma mir, dass sie mich den Antrag machen lässt, wenn sie ohne Diskussion ihren Namen behalten kann.

Dabei weiß sie doch genau, dass ‚*Ohne Diskussion*‘ bei uns beiden nicht funktioniert! Und bevor ich weiß was passiert, zweifelt sie unsere ganze Beziehung an und rennt weg! Was stimmt nicht mit den Frauen?"

Seine Stimme war immer lauter geworden und die ersten Gäste sahen zu ihnen hinüber, deswegen beherrschte er sich.

„Was stimmt nicht mit dieser Spezies?", wiederholte er leise. „Wie kann sie aus einer Mücke einen Elefanten machen und sich damit auch noch im Recht sehen?! Und wie kann sie es wagen, plötzlich alles anzuzweifeln? *Wegen des Namens!*'

Das war es wohl, was ihn am meisten aufregte. Warum ihm die Angst in den Knochen saß. Denn wenn Emma anfing, ihre ganze Beziehung anzuzweifeln, dann konnte das nicht gut enden. Emma dachte zu viel. Sie zerstückelte alles, brachte es aus dem Kontext. Luke war die letzten Monate davon überzeugt gewesen, dass, egal was passierte, immer klar sein würde, dass sie zusammenblieben. Dass sie sich durch ihre Probleme durcharbeiteten. Gemeinsam. Aber wenn Emma jetzt daran dachte, aufzugeben …

Er fuhr sich mit der Hand durch die Haare und versuchte, seine innere Panik unter Kontrolle zu bekommen. Ohne Emma war sein Leben einen Dreck wert.

„Wegen des Namens", wiederholte sein Vater langsam, seine Finger gegen das Whiskeyglas trommeln lassend.

„Ja! Mein Gott, Nadia hat deinen Namen angenommen, oder?"

„Ja."

„Also, wo ist das Problem?"

„Luke." Paul legte seinem Sohn über den Tisch hinweg eine Hand auf die Schulter. „Lass mich dir eine Frage stellen."

Er wusste nicht, was das sollte, doch er war sich ziemlich sicher, dass er nicht mögen, wohin das Gespräch führen würde.

„Tu dir keinen Zwang an", knirschte er.

„Denkst du wirklich, es geht Emma nur um ihren Namen?"

„Um was denn sonst?"

„Sag du es mir."

Er verstand kein Wort.

„Sohn, ich sage dir jetzt etwas, was dein Leben für immer verändern wird: Manchmal regen sich Frauen über scheinbar Belangloses auf, dabei geht es um was ganz anderes, viel Tieferes."

„Und was ist dieses Tiefere?"

„Es ist deine Aufgabe, das herauszufinden."

Na wunderbar. Als wäre die Psyche einer Frau nicht mysteriös genug. Er war Baseballer, verdammt! Kein Pfadfinder, Schatzsucher oder Kriminalkommissar! Er ging nicht auf Spurensuche.

„Eine Ehe ist kein Zuckerschlecken, Luke. Man muss daran arbeiten. Jeden Tag. Man darf nicht faul werden, muss sich manchmal an die guten Seiten erinnern. Aber das ist es wert. Du darfst den anderen nie als selbstverständlich sehen und jeder Tag besteht aus Kompromissen."

„Hört sich nach einem Haufen Spaß an", murmelte er düster.

Paul lächelte breit. „Mit der richtigen Frau ist es das."

Kapitel 6

Emma kam wieder nicht nach Hause.

Wie sollte Luke *tiefer gehen*, wenn er nicht mit seiner Freundin reden konnte?

Er hinterließ dreißig Nachrichten auf ihrer Mailbox, rief jede ihrer Freundinnen an. Grace war die einzige, die nicht ans Telefon ging, er war sich also fast sicher, dass Emma sich bei ihr verschanzte. Wenigstens wusste er so, dass sie gut aufgehoben war.

Luke musste sich mit irgendetwas beschäftigen, um die Angst, dass sie vielleicht einfach gar nicht mehr wiederkommen würde, nicht Überhand gewinnen zu lassen. Deswegen fing er an zu kochen, den Tisch zu decken und alles Mögliche vorzubereiten. Schließlich war Heiligabend und egal ob Emma auftauchte oder nicht, um achtzehn Uhr würden Wesley, Michelle, Milla und Steve zusammen mit Randy, ihrem Sohn, vor der Tür stehen.

Die Stunden schlichen dahin und je weiter die Zeit voranschritt, desto nervöser wurde er.

Es war fünf, als Luke schließlich einen Schlüssel im Schloss hörte. Er stand gerade am Herd und briet Kartoffeln an, die sie zu einem ganzen Hähnchen – ein Insider-Witz zwischen ihm und Emma – reichen wollten und noch mit dem Pfannenwender in der Hand wirbelte er herum.

Fett spritzte von diesem auf den Tresen vor ihm, doch das war ihm egal.

Er starrte Emma an, die eine Jogginghose und ein T-Shirt trug, beides gehörte nicht ihr, sondern stammte hoffentlich von Grace – das Kleid, das sie auf der Weihnachtsfeier getragen hatte, über ihren Arm gelegt.

Sie blickte auf, ihre Augen unleserlich.

Das war neu für ihn. Es fiel ihm sonst verdammt leicht, alles aus ihrem Gesicht abzulesen.

„Hey", sagte sie ruhig, bevor sie das Wohnzimmer durchquerte und einfach an ihm vorbeiging.

„Das ist alles?", fragte Luke ungläubig. „Du bist anderthalb Tage vom Erdboden verschluckt und alles, was ich bekomme, ist ein ‚Hey'?"

Sie wich seinem Blick aus, während er hinter ihr herlief und sie dabei beobachtete, wie sie das Kleid und ihre Sachen einfach auf das Bett fallen ließ.

„Ich muss mich fertig machen. Die Gäste kommen gleich", murmelte sie.

„Das weiß ich! Aber könnten wir vielleicht reden, bevor die Gäste kommen?"

„Nachher", murmelte sie, schnappte sich ein paar neue Anziehsachen, lief erneut an ihm vorbei und verschwand im Bad. Er hörte den Schlüssel im Schloss und starrte auf die Tür.

Wann war er der Erwachsene in ihrer Beziehung geworden?

***

Emma wusste, dass sie sich wie eine Zicke benahm.

Sie wusste, dass es besser wäre, jetzt mit Luke zu reden, bevor ihre Wohnung von Freunden bevölkert wurde.

Sie wusste, dass es falsch gewesen war, sich nicht bei Luke zu melden. Wusste, dass es ihm gegenüber nicht fair war, sich abzuschotten.

Aber sie hatte Angst. Eine Angst, die so fundamental geworden war, dass sie Luke nicht mehr in die Augen sehen konnte.

Da waren Erwartungen.

Erwartungen, die er an sie stellte, von denen sie fürchtete, dass es ihr allzu leichtfallen würde, sie zu erfüllen – nur um ihn glücklich zu machen. Und war das nicht das, womit damals alles angefangen hatte?

Gott, sie wusste es nicht.

Sie duschte, versuchte ihren Kopf klar zu bekommen, versuchte sich daran zu hindern, Luke und Stefan miteinander zu vergleichen, ihre Beziehungen nebeneinander zu stellen. Denn auch das war nicht fair gegenüber Luke – doch sie konnte sich nicht davon abhalten.

Sie hatte sich nie wieder für einen Mann ändern wollen und was war, wenn sie Luke so sehr liebte, dass ihr das plötzlich egal wurde?

Sie konnte ihn in der Küche hantieren hören, während sie sich anzog. Er hatte gekocht, geschmückt, den Tisch gedeckt.

Ein Kloß bildete sich in ihrem Hals und der verschwand auch nicht, als die Türklingel läutete und die ersten Gäste ankündigte.

Sie bekam Panik. Und sie hatte Angst davor, dass Luke ihr diese Panik nicht nehmen konnte. Und wenn das passierte, dann wusste sie nicht, wo sie standen. Deswegen schob sie das Gespräch vor sich her. Wenigstens würden ihre Familie, Michelle und Wes ihr ein wenig Zeit verschaffen.

„Steve, nimm deine Hände weg! Ich bin schwanger, nicht schwerverletzt", hörte sie Millas Stimme durch die Tür dringen.

„Nun Schatz, du läufst aber schon ein wenig wie eine Schwerverletzte.“

„Mach so weiter und der einzige Schwerverletzte hier wirst du sein!“

„Milla, du bist hochschwanger, lass mich dir doch einfach helfen.“

„Ich weiß, dass ich hochschwanger bin! Der dicke Bauch und meine geschwollenen Füße sind mir Hinweis genug, danke! Emma, komm sofort her“, schrie sie auf Deutsch hinterher. „Steve versucht mich mit Liebe zu ersticken!“

Emmas Schultern sackten erleichtert nach unten. Milla war eine gute Ablenkung.

„Weißt du, immer wenn ihr was auf Deutsch sagt, habe ich Angst, dass jemand umgebracht wird“, mischte sich eine neue Stimme dazu. Das war Michelle. „Und das ist nicht nur meine Meinung! Kaylie meinte, niemand würde sich trauen, sich mit Emma anzulegen, weil sie ja Verbindungen zur deutschen Mafia zu haben scheint. So hört sich das zumindest immer an.“

Ja, Ablenkung war sehr gut.

Emma streckte ihre Schultern durch, fuhr sich mit den Fingern durch die noch feuchten Haare, um sie etwas zu ordnen und stieß die Tür des Badezimmers auf.

„In Deutschland gibt es keine Mafia“, lächelte sie und schloss ihre Schwester in die Arme. Wobei von ‚schließen‘ nicht wirklich die Rede sein konnte, da sie ihre Arme definitiv nicht um Millas ganzen beeindruckenden Körper legen konnte.

„Nur sehr ernstgenommene Bürokratie. Aber die ist fast genauso schlimm. Nur dass mit Zahlen und Paragrafen anstatt mit Kugeln geschossen wird.“

Sie drückte auch den säuerlich aussehenden Steve umständlich an sich, da er den zweijährigen Randy auf dem Arm trug und tat es mit Michelle und Wesley ebenso. Luke kam hinter der Kücheninsel hervor und begrüßte ebenfalls ihre Gäste. Sie hätte schwören können, dass sie ihn düster „unglaublich" murmeln hörte, aber tat so, als hätte sie es sich nur eingebildet.

Gott, er hatte wirklich das Recht, wütend auf sie zu sein. Das änderte jedoch nichts an der Tatsache, dass sie mindestens genauso wütend war! Und ihr war es herzlich egal, ob sie das Recht dazu hatte.

Milla und Steve kabbelten sich noch ein wenig, weil sie ihm Randy abnehmen wollte und er der Meinung war, sie solle sich doch lieber voll darauf konzentrieren, das Ungeborene zu schleppen.

Randy fand weder das eine noch das andere gut, denn er strampelte sich aus der Umarmung seines Vaters frei und sagte „Hunger!"

„Es gibt gleich Essen", lächelte Luke und wuschelte dem Kleinen, der auf die Couch zutaperte, über den Kopf.

Als Luke wieder aufsah, suchte er Emmas Blick, doch sie gab sich Mühe dabei, sich weiter mit Milla über ihren Mann aufzuregen. Auf Deutsch natürlich.

„Er hat die ganze Fahrt über gefragt, ob ich gemütlich sitzen würde oder ob ich auf die Toilette muss oder ob ich meine Vitamine genommen hätte! Er tut geradezu so, als wäre *ich* der Säugling!"

„Steve, deine Frau beschwert sich gerade darüber, dass du zu überfürsorglich bist", übersetzte Luke.

Milla sah ihn entgeistert an. „Luke, wie gemein!"

„Das ist überhaupt nicht gemein! Dass du ihm nicht sagst, wie du dich fühlst, ist gemein. Verdammt nochmal, warum machst du es dir so schwierig? Rede doch einfach mit ihm!"

Milla schob die Unterlippe vor und legte beschützend die Hände auf ihren Bauch, als wolle sie ihr Ungeborenes davor bewahren, ihre nächsten Worte zu hören.

„Das ist meine Entscheidung und es ist wirklich nicht fair, uns so in den Rücken zu fallen!"
Emma konnte sehen, wie Luke die Hände in seinen Hosentaschen zu Fäusten ballte.

„Was nicht fair ist, ist so über ihn zu reden, ohne dass er es versteht. Und was nicht fair ist, ist uns Männern nie Einblick in euren Kopf zu gewähren und stattdessen wegzulaufen und uns als ... nervliches Wrack zurückzulassen."

Bei den letzten Worten starrte er Emma so eindringlich an, dass außer Frage stand, über was er da gerade redete.

Emma starrte zurück. Wut war besser als Angst. Wut machte so viel mehr Spaß.

„Was nicht fair ist, ist, dass Männer denken, sie haben gewisse Rechte, nur weil sie der Mann sind!", fauchte sie zurück.

„Okaaay", ging Michelle dazwischen, die einen stirnrunzelnden Blick mit ihrem Ehemann getauscht hatte.

„Wir sollten essen, findet ihr nicht? Die Welt ist so unfair, es könnte Stunden dauern, bis wir alles aufgezählt haben."

„Ja", bestätigte Wesley, „ich zum Beispiel finde es unfair, dass es Huhn und kein Steak gibt. Können wir vielleicht darüber einmal reden?"

„Oh, was würde ich für ein Steak geben“, seufzte Milla. „Blöde Regel, dass ich kein rotes Fleisch essen darf. Na ja, mit zwei Kilo Hühnchen gebe ich mich auch zufrieden.“

„Hunger!“, gab Randy zu verstehen.

„Essen wir“, seufzte Luke und wandte sich von Emma ab. „Frauen werden leichter zu handhaben, wenn sie einen vollen Magen haben.“

Er drehte sich ruckartig zum Herd und machte sich daran, die Kartoffeln in eine Schüssel zu schaben.

Michelle hakte sich bei Emma unter und drückte leicht ihren Arm.

„Ist alles in Ordnung bei euch? Ihr wirkt etwas … angespannt.“

„Klar ist alles in Ordnung“, knirschte Emma.

Das würde ein toller Abend werden!

***

Luke konnte sich nicht daran erinnern, wann er schon einmal einen solchen verdammten, beschissenen Spaß gehabt hatte.

Emma war ihr fröhliches Selbst, lachte hier, schwatzte da, sprach mit jedem – außer mit ihm. Und die Gäste waren nicht dumm. An ihnen ging das ebenso wenig vorbei wie an Luke selbst.

„Emma, kannst du mir das Hühnchen geben?“, bat er seine Freundin.

Diese hob pikiert eine Augenbraue.

„Ich weiß nicht, ob ich das kann. Ich meine … vielleicht bin ich als Frau nicht dazu berechtigt.“

Hastig nahm Steve das Hühnchen und reichte es ihm.

„Hier. Glückliches Huhn für den glücklichen Luke.“

Milla hustete und hielt sich die Hand vor den Mund. Als ob er so ihr Grinsen nicht sehen konnte …

„Wisst ihr, was mir aufgefallen ist?“, fragte Michelle, um die Stille zu überbrücken, die sich über den Raum gelegt hatte.

„Ihr hab gar keine Weihnachtsgurke an eurem Baum hängen. Dabei seid ihr doch deutsch. Oder ich habe sie einfach noch nicht entdeckt?“

Luke hatte geglaubt, dass er nicht von seiner innerlichen Misere abgelenkt werden könnte. Doch die Weihnachtsgurke tat es für ihn.

Milla kam ihm mit ihrer Ungläubigkeit jedoch zuvor. „Die was?“

Verblüfft lehnte Michelle sich in ihrem Stuhl zurück.

„Na, die Weihnachtsgurke. Ihr wisst schon. Eine alte deutsche Tradition, die viele hier übernommen haben.“

„Und was soll die Weihnachtsgurke sein?“, fragte Emma langsam. „Seit wann sind Gurken weihnachtlich?“

Michelle sah nun ehrlich verwundert aus.

„Ihr kommt doch aus Deutschland, oder? Oder habt ihr uns alle angelogen?“

„Wir sind sehr deutsch. Aber die Weihnachtsgurke ist es nicht!“, bemerkte Milla und tauschte einen Blick mit ihrer   Schwester.

„Doch, sicher“, bestand Michelle. „Ihr kennt das wirklich nicht? Den Brauch, eine Glasgurke an den Baum zu hängen und der erste, der sie findet, bekommt ein zusätzliches Geschenk?“

Luke wusste ja, dass die Deutschen genauso verrückt wie die Amerikaner waren, aber auf die Idee zu kommen, eine Gurke an den Weihnachtsbaum zu hängen, traute er ihnen nicht zu.

„Noch nie von gehört", sagte Milla verwundert.

„Na, dann habe ich heute ja noch etwas über meine Kultur gelernt", murmelte Emma und nahm zwei große Schlucke ihres Weins.

Luke konnte es sich nicht verkneifen, zu sagen: „Es ist nie zu spät zum Lernen", was ihm einen giftigen Blick seiner Freundin einbrachte.

„Mhm", gab Wesley von sich. „Ich würde sagen, wir haben den Deutschen das sehr erfolgreich geklaut, wenn sie sich selbst nicht einmal mehr daran erinnern können."

Michelle nickte, ließ ihren Blick kurz zwischen Emma und Luke hin- und herwandern und sagte dann schnell: „Also, wie werdet ihr beiden denn Silvester verbringen, Milla, Steve?"

Sie wollte offensichtlich sichergehen, dass weder Emma noch er auf die Idee kamen zu antworten.

„Oh, ich hatte vor, zwölf Stunden lang zu hoffen, dass unsere Tochter endlich entscheidet auf die Welt zu kommen", lächelte Milla und tätschelte ihren Bauch. „Und Steve wird mir dabei helfen, indem er sich Sorgen macht."

„Hört sich romantisch an", murmelte Wes und schlang eine Gabel Kartoffeln herunter.

„Das ist es, denn wir werden Kerzen anzünden", sagte Milla zufrieden und warf ihrem Ehemann einen Blick zu, der leise lächelte.

„Wie sieht es bei euch aus?", fuhr Emmas Schwester schließlich fort, als niemand etwas sagte.

Michelle antwortete etwas zweifellos genauso Romantisches, doch Luke hörte nicht mehr hin.

Er betrachtete Emma, die ihm gegenüber saß und abwechselnd auf ihr Huhn oder die Kartoffeln einstach, nur um dann alles lustlos von einer Seite zur anderen zu schieben.

Sie hatte die Zähne in ihre Unterlippe geschlagen, die ab und zu anfing zu zittern und ihre Augenbrauen trafen sich fast über ihrer Nasenwurzel.

Gott, er konnte das nicht mit ansehen.

Abrupt stand er auf.

„Okay sorry, ich weiß, es ist Heiligabend, aber ihr müsst jetzt alle gehen."

Eine Schockstille entstand und alle starrten ihn an.

„Ähm ... was?", fragte Wesley schließlich.

Luke schob seinen Stuhl zurück und deutete auf die Tür.

„Ihr müsst gehen."

Emma stand auf.

„Nicht du, Emma", knurrte er.

„Du kannst sie nicht einfach wegschicken!", gab sie ungläubig zurück. „Wir haben nicht einmal aufgegessen."

„Sie können sich gerne alle was einpacken."

„Wir. Werden. Sie. Nicht. Wegschicken", fauchte Emma abgehackt und ihre Augen sprühten Funken.

Nun, das sah Luke anders. Er blickte in die Gruppe.

„Ihr habt die Wahl: Zwei Stunden weiterhin verkrampftes Gespräch oder ich gebe euch jetzt die Möglichkeit zu gehen und Emma und mich regeln zu lassen, was wir zu regeln haben."

Simultan wurden Stühle gerückt und alle standen auf.

„Problem gelöst“, lächelte er grimmig.

Emma blickte ihn an, wischte sich mit der Serviette den Mund ab, stieß ihren Stuhl zurück, ging ins Schlafzimmer und schlug die Tür hinter sich zu.

Luke stöhnte laut auf und seine Hand krampfte sich um die Lehne seines Stuhls.

„Aua, aua“, jammerte Randy, der vom Schoß seines Vaters gesprungen und mit seinem Knie gegen das Tischbein gestoßen war.

„Ja, aua, aua“, bestätigte Milla, ihr Blick auf Luke. Sie sprach wohl nicht vom gestoßenen Knie ihres Sohns.

„Viel Glück, Alter“, sagte Wesley und klopfte ihm auf die Schulter.

„Wehe, du verletzt sie“, knirschte Milla.

„Die Sander-Frauen sind wie sie sind“, murmelte Steve.

„Pass bloß auf“, gab Michelle warnend von sich.

„Aua, aua“, wiederholte Randy.

Luke fand, dass der Kleine die Situation von allen am besten erfasst hatte.

Er wartete darauf, dass auch der Letzte sich den Mantel übergeworfen hatte und über die Schwelle getreten war, dann starrte er die Tür an, hinter die Emma verschwunden war.

Sie wusste, dass er ihr folgen würde, warum es also vor sich herschieben?

Sich ein letztes Mal mit Mittelfinger und Daumen die Nasenwurzel massierend, durchquerte er den Raum und öffnete die Tür.

Er hatte mit zwei Szenarien gerechnet.

Erstens, dass Emma im Raum stehen und ihn wütend anfunkeln würde. Zweitens, dass Emma auf dem Bett sitzen und ihn wütend anfunkeln würde.

Doch Emmas Gesicht war nicht wütend.

Sie stand vor dem Bett, die Arme hingen lose an ihrem Körper hinab, ihre Lippen leicht geöffnet. Ihre dunklen Augen starrten ihn an und Luke konnte die Tränen zählen, die darin glitzerten.

Jegliche Energie, die er für den nächsten Streit gesammelt hatte, verpuffte. Jedes Argument, warum sie ihm nicht die Schuld geben konnte, jedes Wort, das er sich zurechtgelegt hatte, löste sich in Wohlgefallen auf. Wen scherte es, wer Schuld hatte? Keine Schuldzuweisung würde ihnen helfen. Er hatte Angst gehabt, dass sie nicht zurückkommen würde. Und die Art und Weise, wie sein Herz geschmerzt hatte, als sie auch die zweite Nacht nicht nach Hause gekommen war, war nur ein Vorgeschmack auf das gewesen, was er ohne sie tun würde. Aber das war nichts im Vergleich zu der Schwere, die er empfand, als Emma sich fahrig eine Träne von der Wange wischte und er in jeder ihrer Bewegungen sehen konnte, wie miserabel sie sich fühlte.

Bevor sie auch nur den Mund aufmachen konnte, hatte er die Distanz zwischen ihnen überwunden und sie in seine Arme genommen.

Fast zwei Tage ohne eine Berührung von ihr waren wirklich zu viel gewesen. Und es war ihm egal, zu was einer Form von Weichei ihn das machte.

Er zog die Arme fest um sie, küsste ihren Scheitel, legte seinen Kopf auf dieselbe Stelle und genoss es, wie ihre weiche Form sich an seine harten Konturen anpasste.

Er war so erleichtert, dass sie nicht gegen seine Umarmung ankämpfte, dass er einen Schwall Luft ausstieß, der eine Gänsehaut auf Emmas Nacken bildete.

„Mach das nie wieder Emma, bitte", flüsterte er an ihrem Ohr, während er spüren konnte, wie leise Tränen sein Hemd durchnässten. „Lauf nicht wieder weg, ohne mir Bescheid zu sagen, wohin. Nein, weißt du was: Lauf einfach nie wieder weg. Lass mich nicht wieder zu Hause sitzen und mich fragen, was los ist, wo du bist. Du weißt doch, dass du mit mir über alles reden kannst. Egal, wie wütend wir beide gerade sind."

Er konnte sie nicken und ihre Fingernägel in seinen Rücken krallen spüren.

„Das tut mir auch leid", flüsterte sie, ihre Stimme fast gänzlich in seiner Brust erstickt. „Ich wusste mir nicht zu helfen."

„Womit wusstest du dir nicht zu helfen?", fragte er und löste sich von ihr, um ihr Gesicht in seine Hände nehmen zu können. „Emma, bitte sag mir, worum es hier wirklich geht. Damit ich es besser machen kann."

„Ich habe einfach Panik bekommen", sagte sie leise, während die Tränen über seinen Daumen liefen.

„Warum Panik? Wir streiten doch ständig. Das ist doch nie Grund zur Sorge bei uns."

„Aber ... aber was ist, wenn es plötzlich doch Grund zur Sorge wird?"

Er verstand kein Wort.

„Warum sollte es? Nur weil wir verschiedene Meinungen haben, ändert das doch nichts daran, dass wir uns lieben, oder?"

Das letzte Wort brach etwas verzweifelter aus ihm hervor als ihm lieb war, aber es hatte wohl kaum eine

Situation im letzten Jahr gegeben, in der er mehr hatte hören müssen, dass sie ihn liebte.

„Natürlich ändert das nichts", sagte sie wackelig und machte einen Schritt zurück, sodass seine Hand von ihrem Gesicht fiel und sie die Mascara-Spuren unter ihren Augen wegwischen konnte.

„Ich würde nie anzweifeln, dass ich dich liebe."

Luke war so erleichtert, dass er sie gerne gleich nochmal in den Arm genommen hätte, aber sein geschundenes Herz war gerade nicht so wichtig wie das, was Emma beschäftigte.

„Wovor hast du dann Angst?"

Tiefer. Er musste tiefer gehen.

Er dachte an die Worte seines Vaters. Es ging nicht um den Namen. Es ging um etwas anderes ... aber um was?

Emma ließ sich aufs Bett sinken. Ihre Brust hob und senkte sich gleichmäßig, doch Luke konnte ihr ansehen, dass sie nach den richtigen Worten rang.

„Du bist in der Machtposition, Luke", sagte sie schließlich leise. „Du hast mehr Geld, dir gehört die Wohnung, deinen Namen kennt jeder. Du bist eindeutig in der oberen Position. Wer sagt, dass du deine Oberhand nicht irgendwann ausnutzt? Dass ich anfangen muss, mich nach deinen Vorstellungen zu verhalten? Oder ... ich unterbewusst anfange, mich so zu verhalten, wie alle es von einer Frau erwarten, die sich den großen Luke Carter angeln konnte. Es besteht kein wirkliches Gleichgewicht, Luke. Du hast die Oberhand."

Das war das Dümmste und Absurdeste, was er je gehört hatte. „In welchem Universum habe ich die

Oberhand in dieser Beziehung?", fragte er ungläubig. „Guck dir dieses Wohnzimmer an!" Er deutete mit dem Arm aus der offenstehenden Tür.

„Ja, das Wohnzimmer, von dem du bestimmen durftest, wieviel darin bleibt!"

„Kompromiss! Es war ein Kompromiss. Wenn es nach mir ginge, hätten wir nicht einmal einen Weihnachtsbaum."

Sie schnaubte und er konnte sehen, wie ihr Mundwinkel einmal kurz nach oben zuckte.

„Es ist nur, dass ... dein Name an Erwartungen geknüpft ist, Luke. Wenn ich deinen Namen annehme, dann bin ich offiziell Teil der Carter-Berühmtheit und ich möchte nicht dazu gezwungen werden, mich auch so zu benehmen. Ich möchte nicht irgendwann aufwachen und nicht mehr erkennen, wer ich bin und ..."

Sie stockte und der Groschen fiel.

Warum hatte Luke das nicht viel eher gesehen? Wie hatte er so blind sein können? Natürlich ging es immer noch darum!

„Es ist immer noch wegen deines Ex-Verlobten", murmelte er, mehr zu sich selbst als zu ihr.

„Was?"

Emma blickte auf, nicht sicher, richtig verstanden zu haben, was er gesagt hatte.

„Es ist wegen deines Ex-Verlobten, oder nicht?", wiederholte er. Es war nur eine rhetorische Frage, das konnte sie ihm am Gesicht ablesen.

„Emma, bitte, du kannst mich doch nicht mit dem Affen auf eine Stufe stellen! Du kannst doch nicht die gleichen Unsicherheiten haben, die ..."

Sie presste die Lippen aufeinander und schüttelte steif den Kopf. „Wage es nicht, dieses Wort in den Mund zu nehmen!"

„Was denn? Unsicherheit? Aber das ist es doch, worum es hier schon wieder geht."

Luke sah auf einmal erschöpft aus, während er sich die Haare raufte. Seine Stimme war sanft, aber eindringlich, als er sich vor sie hockte, um mit ihr auf Augenhöhe zu sein.

„Wie kannst du dich bei mir nicht sicher fühlen? Ich würde jedes deiner Bedürfnisse über meines stellen. Natürlich stehen wir auf der gleichen Stufe. Na ja, eigentlich stehst du sogar noch etwas höher, weil du so viel mehr Erfahrung bei all diesem Beziehungszeug hast, aber ... wenn das Wissen, dass ich dich liebe und ich dich nie absichtlich verletzten würde nicht reicht, um über deine eigenen Unsicherheiten hinwegzusehen – dann weiß ich ehrlich gesagt nicht, wie ich je genug für dich sein soll. Und Gott weiß, dass ich es versuche!"

Emma starrte ihn an, wieder nicht sicher, ob sie sich verhört hatte, deswegen fragte sie: „Du hast Angst, nicht genug für mich zu sein?"

„Natürlich habe ich Angst davor! Du bist meine erste feste Freundin, Emma. Ich habe doch keine Ahnung, was ich hier eigentlich tue! Aber das sage ich natürlich nicht, denn ich bin ein großer, starker Mann und Eierstöcke stehen mir nicht besonders gut."

„Aber ..." Emma gab ein kleines, schniefendes Lachen von sich. „... das ist absurd. Die Leute würden doch nie auf die Idee kommen, dass du nicht genug sein könntest! Du bist reich und ..."

Entgeistert sah er sie an.

„Wovon redest du? Es ist mir doch vollkommen egal,
was die Leute für Ideen haben! Alles was zählt ist das,
was du denkst! ‚Genug sein‘ hat doch überhaupt nichts
mit Geld zu tun. Weißt du, wie viele reiche Leute es
gibt? Und weißt du, wie wenige anständige Leute es
gibt? Wenn du mich nur wegen meines Geldes liebst,
haben wir noch ein ganz anderes Problem. Aber wenn
ich dir deine Unsicherheit abkaufen und dann in den
Müll schmeißen könnte, würde ich es tun. Denn sie ist
absurd. Ich will dich ganz sicher nicht ändern und
wenn du anfängst, dich so zu benehmen wie die Holly-
woodflittchen, mit denen die Leute mich gerne sehen
würden, dann werde ich dich sexuell schwerwiegend
bestrafen. “

Sie musste lächeln, aber dass Luke witzig und charmant war, wusste sie ja schon.

„Es hat mir einfach nur wirklich Angst gemacht, als
du einfach so darüber bestimmt hast, dass ich deinen
Namen annehmen soll. Dass du erwartest, dass ich
mich dir anpasse.“

Luke verzog das Gesicht, rappelte sich aus seiner Ho-
cke hoch und ließ sich schließlich neben sie aufs Bett
sinken.

„Dass ich mir wünsche, dass du meinen Namen an-
nimmst, hat nichts mit anpassen zu tun. Ich gestehe,
dass ich aus einem puren, selbstsüchtigen Grund darauf bestanden habe, dass du Emma Carter heißt. Einfach weil ich will, dass alle wissen, dass du mir gehörst.“

Sie hob eine Augenbraue. „Dir gehöre?“

„*Zu* mir gehörst“, korrigierte er sich hastig. „Dass du
zu mir gehörst. Ich würde mich aber auch mit einem
Tattoo auf deiner Stirn zufriedengeben. ‚Eigentum von

Luke Carter' oder so was in der Art. Ansonsten ..." Er seufzte schwer.

„Ansonsten werde ich das wohl jede Woche in die Zeitung setzen lassen, wenn dir das mit deinem Namen so wichtig ist. Aber das hat wirklich nichts damit zu tun, dass ich irgendeine andere Emma haben wollen würde als die, die du jetzt bist. Es ist nur dein Name. Nicht dein Charakter."

Wärme stieg ihr in die Brust, floss in ihre Fingerspitzen, ihren Haaransatz. Es kam ihr auf einmal dumm vor, dass sie nicht einfach mit ihm geredet hatte. Natürlich konnte Luke es besser machen! Er konnte immer alles besser machen. Ehrlichkeit war immer der beste Weg.

Ausgenommen, man musste einer Freundin sagen, dass ihr Kaffee mit Anis- und Chilizusatz furchtbar schmeckte.

„Ich ... will nur mein eigener Herr bleiben, weißt du?", flüsterte sie und lehnte sich an seine Seite. Sie hatte ihn so sehr vermisst, dass sie am liebsten ihre Nase für drei Stunden in seiner Halsbeuge vergraben hätte. Vielleicht sollte sie fragen, er würde sie bestimmt lassen.

„So viele Leute verschwinden in ihrer Beziehung und ich bin gerne ein *Wir*, aber ab und zu möchte ich auch noch ein *Ich* sein. Ich habe Angst, dass sich bei einer Hochzeit alles ändert."

Luke nickte, den Arm eng um ihre Schulter gezogen und schwieg.

Sie schielte aus den Augenwinkeln zu ihm hoch.

„Das ist der Moment, in dem du sagen müsstest, dass eine Ehe nur ein Blatt Papier ist und sich nichts ändern wird", half sie ihm auf die Sprünge.

„Das kann ich nicht sagen", murmelte er und küsste ihren Scheitel. „Dinge werden sich ändern, Emma. Manchmal wird jeder von uns beiden ein *Ich* sein wollen, wenn wir uns auf ein *Uns* einigen müssen. Menschen ändern sich eben in einer Beziehung, aber das nicht unbedingt auf eine schlechte Art und Weise. Zumindest kann man das bei mir wohl nicht sagen."

„Du meinst, weil du jetzt keine kleine männliche Schlampe mehr bist?"

Er schnaubte und drückte ihren Arm, lächelte aber.

„Genau das. Aber ich habe mich nicht *für* dich geändert. Ich habe mich *wegen* dir geändert. Das ist ein Unterschied. Ich liebe die Frau, die du bist und bleibst. Und ich werde nie von dir verlangen, dass du etwas an deiner Persönlichkeit änderst."

„Nur meinen Namen?"

„Nur deinen Namen."

„Weil du ein primitiver Mann bist, der mir seinen Namen wie einen Stempel aufdrücken will?"

Luke lachte leise, ließ sich rücklings auf die Matratze fallen und zog sie mit sich, sodass sie sich automatisch in seinen Arm rollte.

„Wenn es dich glücklich macht, dann werde ich exakt diese Wortwahl bei meinem Ehegelübde wählen."

Emma drehte ihren Kopf in seine Halsbeuge – um schon einmal die drei Stunden anzufangen – inhalierte seinen Geruch und küsste den pochenden Puls an seinem Hals.

„Es tut mir leid, dass ich manchmal ... kompliziert bin", flüsterte sie. „Und dass ich einfach abgehauen bin."

Lukes Brust vibrierte, während er lachte und das Kribbeln sprang auf ihre Haut über.

„Ganz ehrlich? Ich bin einfach nur froh, dass du wieder da bist. Ich hatte Angst, dass du nicht wiederkommst."

„Ich würde immer wiederkommen, Lucky", flüsterte sie, weil sie wusste, dass es die Wahrheit war.

Lukes Finger strichen sacht über ihr Gesicht, ihren Hals hinunter, bis zu ihrem Schlüsselbein.

„Ansonsten würde ich dich auch immer finden, Emma", sagte er und seine Worte klangen so ernst, dass sich doch noch ein, zwei Tränen, denen nicht bewusst war, dass Emma aufgehört hatte zu weinen, aus ihren Augenwinkeln stahlen.

Kapitel 7

Emma wachte in der Bekleidung auf, in der sie eingeschlafen war. Sie lag quer im Bett und konnte sich nur vage daran erinnern, dass Luke wie erwartet kein Problem damit gehabt hatte, sie drei Stunden lang einfach nur im Arm zu halten. Falls er enttäuscht gewesen war, dass es keinen Versöhnungssex gegeben hatte, so hatte er geschwiegen. Aber sie war einfach so unglaublich müde gewesen. Von Luke getrennt zu sein, hatte an ihrer körperlichen wie seelischen Verfassung gezerrt und sie musste wohl einfach so in seinen Armen eingeschlafen sein.

Sie gähnte herzhaft, öffnete die Augen … und stutze.

Irgendetwas war anders.

Ach ja. Gestern hatte ihr noch kein Zettel auf der Stirn geklebt.

Sie hielt sich die Hand vor den Mund, während sie noch einmal gähnte und richtete sich dann auf, bevor sie den Haftnotizzettel von ihrer Stirn zog.

Willst du mich heiraten?

Mehr stand da nicht.

Sie musste lachen. Luke hatte sich zwar sehr viel Mühe damit gegeben, äußerst ordentlich zu schreiben, aber die Romantik in einem Haftnotizzettel sah sie noch nicht ganz.

Obwohl es süß war, dass er sich offenbar an die damaligen Haftnotizzettel erinnert hatte, die sie sich in ihrer Scheinbeziehung an die Köpfe geklebt hatten.

Lächelnd stand sie auf und lief durch den Luke-leeren Raum.

„Das ist romantischer als das Gebrüll ins Mikro?", fragte sie laut und stieß grinsend die Tür auf. „Also Luke, du musst wirklich noch ..."

Sie verstummte und vergaß, dass es unhöflich war den Mund offenstehen zu lassen, doch ... das Zimmer war pink und glitzerte.

Der Feenstaub, bei dem Luke darauf bestanden hatte, dass er verschwand, war wieder da – nur tausendmal mehr davon. Das Lametta war zurück. Neue Lichterketten hingen von der Decke, waren über das Sofa drapiert und erhellten das Zimmer, das immer noch im winterlichen Dämmerlicht lag.

Auf dem Billardtisch lag eine spitzenverzierte weiße Tischdecke, von der Emma sich meinte erinnern zu können, sie vor einem halben Jahr gekauft zu haben. Blumen waren überall aufgestellt worden und weiß-pink geblümte Placemats zierten den Tisch.

Ihre Placemats. Die, die sie mit der Spitzentischdecke zusammen vor etwas mehr als einem halben Jahr gekauft hatte. Die, aufgrund derer Luke damals so ausgerastet war.

Doch auf die Placemats konnte sie fast nicht achten, denn ihr Blick wurde automatisch von den zwei riesigen Torten angezogen, die darauf standen.

Luke selbst stand in der Mitte des Raumes, pinkfarbenes Lametta um seinen Hals drapiert, an dem er jetzt nervös zupfte. Er sollte albern damit aussehen, aber das tat er nicht.

Emmas Herz zog sich süßlich zusammen und sie hob ihre Hand zum Mund.

Der Raum hatte noch nie so hässlich ausgehen. Und doch war es das Schönste, was sie je gesehen hatte.

Er hatte sich genau daran erinnert, wo was stand. Sogar die Postkarten, die sie damals an den Kühlschrank gepinnt hatte, hingen wieder dort.

„Warum das pinke Lametta um deinen Hals?", fragte sie leise mit trockener Kehle.

Luke lächelte und kam gemächlich auf sie zu.

„Weil das doch offensichtlich das ist, worauf du stehst", flüsterte er, bevor er sie sanft küsste.

Er strich ihr die verstrubbelten Haare aus der Stirn und griff in seine hintere Hosentasche.

„Emma, ich werde mich nicht hinknien. Ich würde mir blöd vorkommen und wir beide wissen, dass ich unausstehlich bin, wenn ich mir blöd vorkomme. Aber ich liebe dich und ich verbringe liebend gerne den Rest meines Lebens mit dem Versuch, dich jeden Tag glücklich zu machen. Und sei es damit, dass ich jede Torte für dich esse, die du anschleppst, Glitzer überall in der Wohnung verteile …"

„Feenstaub", korrigierte sie ihn mit brennenden Augen.

Er lachte leise und nickte.

„Feenstaub in der Wohnung verteile oder du die Videos, in denen ich betrunken bin, auf YouTube hochlädst. Also, Emma Sander …"

Er zog das quadratische Samtkästchen aus der Hosentasche und öffnete es unter ihrer Nase.

„Willst du mir die Ehre erweisen und mir die bereits äußerst romantisch gestellte Haftnotizfrage beantwor…"

„Ja."

„Ich habe die Frage noch nicht gestellt. Emma. Willst du mir also die Ehre erweisen, meine Frau zu we…“

„Ja.“

„Emma!“, sagte er grinsend. „Lass mich zu Ende sprechen. Willst du mich hei…“

„Ja!“, sagte sie und wischte sich eine flüchtige Träne weg, bevor sie die Hand vor ihren Mund schlug. „Entschuldige. Du darfst die Frage zu Ende stellen.“

Kopfschüttelnd grinste er sie an, als er den Ring aus dem Kästchen nahm.

„Werde einfach meine Frau, okay?“, flüsterte er und nahm ihre linke Hand in seine.

„Okay, Emma?“, wiederholte er. „Jetzt musst du antworten, sonst werde ich dir diesen Ring nicht an den Finger stecken.“

Sie lachte und wedelte mit der freien Hand vor ihrem Gesicht herum, um die weiteren Tränen zu verscheuchen. So wie Gott es vorgesehen hatte.

„Ja, okay!“, sagte sie lauter. „Ich heirate dich!“

„Gut“, sagte er und schob den Ring an ihren Finger, bevor er ihr die Hand in den Nacken legte und sie so ausgiebig küsste, dass sie nicht mehr wusste, wo oben und unten war.

„In der Kirche wartest du aber auf deinen Einsatz, bevor du ‚Ja‘ sagst, oder?“, fragte er, während seine Hände sich unter die Bluse schoben, die sie seit gestern immer noch trug.

„Wir heiraten nicht in einer Kirche“, stellte sie fest und fing an, die Knöpfe seines Hemdes zu öffnen.

„Was soll das denn heißen? Natürlich heiraten wir in einer Kirche. Meine Mutter kriegt einen Herzinfarkt, wenn wir nicht in einer Kirche heiraten." Lukes Finger nahmen sich ein Beispiel an ihren.

„Da reden wir später drüber", schlug sie vor und schob das Hemd von seinen breiten, starken Schultern

„Mhm. Schön."

Luke öffnete auch ihren Hosenknopf.

„Luke, wie teuer war der Ring?", fragte Emma, als der Schein einer der Lichterketten sich in dem hellblauen Stein verfing.

Luke küsste sich den Weg ihren Hals hinunter, bis zu ihrem Brustansatz.

„Verrat ich nicht", murmelte er und warf sein weißes Hemd auf den Tisch. Es landete auf einer der Torten, doch das kümmerte ihn nicht.

„So teuer?!", schlussfolgerte Emma.

„Natürlich so teuer, ich bin reich!", war seine Antwort, als er wieder bei ihrem Mund ankam und sie ihre Hände über seine Brust zu seinem Bauch hinuntergleiten ließ.

Sie seufzte leise und nickte schließlich.

„Schön. Ich verliere ihn also besser nicht im Abfluss."

„Mach dir nichts draus. Wenn du ihn verlierst, kaufe ich dir eben einen neuen."

Sie fing an zu lachen und ließ ihre Hände wieder zu seinem Gesicht wandern, um seinen Kopf noch viel näher zu ihrem heranzuziehen.

„Also, wenn dein Geld auch mein Geld ist, werden wir sehr viel besser damit umgehen, als du es jetzt tust. Vielleicht ein, zwei Autos von dir verkaufen und das Geld spenden", prophezeite sie und stolperte zurück, in Richtung Schlafzimmer.

„Kein Problem. Wenn wir dafür in einer Kirche heiraten“, murmelte er und schob ihr die Hose über die Hüften, sodass sie beinahe das Gleichgewicht verlor und stolperte. Doch er hielt sie mit einem Arm aufrecht, sodass sie den Stoff von ihren Füßen kicken konnte.

„Du bist unverbesserlich und Luke ... ich nehme deinen Namen an.“

Das ließ ihren Verlobten innehalten. Er löste sich von ihr und starrte sie an.

„Wirklich?“

Sie nickte und ... Herrgott nochmal, jetzt kamen schon wieder die Tränen!

„Ja“, sagte sie heiser, „weil ... Leute dann wissen, dass du mir gehörst.“

„Meinst du nicht *zu* dir?“, fragte er verschmitzt.

Sie schüttelte den Kopf. „Nein. Mir.“

„Damit bin ich sehr, sehr einverstanden. Denn du behandelst dein Eigentum immer gut!“, stellte er fest, während er sie weiter zurückdrängte, bis ihre Kniekehlen einknickten, weil sie auf die Matratze des Bettes trafen.

„Das tue ich“, nickte sie. „Wie sieht das mit Geld-Zurück-Garantie bei dir aus?“

„Oh, ich gebe dir Dinge zurück“, erklärte er, beide Ellenbogen neben ihrem Kopf, mit den Fingern durch ihre Haare fahrend. „Die haben nur allesamt nichts mit Geld zu tun.“

Sie lächelte und verschränkte ihre Finger hinter seinem warmen Nacken.

„Versprochen?“

Er blickte ihr in die Augen, so als wisse er, dass sie bei diesem Versprechen nach so viel mehr fragte. Und wahrscheinlich tat er das auch. Er ließ seine Lippen über ihre streifen, küsste ihre Augenlider und als sie ihn das nächste Mal ansah, war da nichts anderes als Liebe in seinem Gesicht.

„Versprochen.“